친구들 안녕하여요...
반갑습니다~!!

괴악저 드림

^^

코딱지 대장 김영만

코딱지 대장 김영만

© 김영만 2024

초판 1쇄	2024년 4월 12일		
지은이	김영만		
출판책임	박성규	펴낸이	이정원
편집주간	선우미정	펴낸곳	도서출판 들녘
기획이사	이지윤	등록일자	1987년 12월 12일
편집진행	이수연·김혜민	등록번호	10-156
디자인진행	고유단	주소	경기도 파주시 회동길 198
디자인	하민우	전화	031-955-7374 (대표)
편집	이동하		031-955-7381 (편집)
마케팅	전병우	팩스	031-955-7393
경영지원	김은주·나수정	이메일	dulnyouk@dulnyouk.co.kr
제작관리	구법모		
물류관리	엄철용		

ISBN   979-11-5925-862-6 (03810)

코딱지 대장 김영만

김영만 에세이

종이접기 아저씨 김영만 선생님의 구술과 수기, 신문·방송 인터뷰 기사 등을, 이제
는 어른이 된 코딱지 편집자들이 열심히 오리고 붙여 원고를 정리했습니다.
그 위에 김영만 선생님이 기억을 덧대어주시고 고쳐주심으로써 책이 완성되었습
니다.
함께 텔레비전 앞에서 종이 접던 시절로부터 긴 시간을 훌쩍 뛰어넘어 책으로 다
시 만나게 된 코딱지 친구들! 정말 반가워요.

차례

1장 나에게도 어린 시절이 있었지요

4장　이 작은 색종이 안에 꿈이 있어요

1장

나에게도
어린 시절이 있었지요

우리는 그렇게 놀았어요

무색한 말이지만, 내게도 어린
시절이 있었습니다. 우리 어머니는 생전에 나의 어린
시절을 회상하실 때면 항상 아주 학을 떼시며 '너처럼
지독한 개구쟁이가 없었다'고 말씀하셨습니다. 스스로
생각하기에도 공부에는 별 취미가 없었습니다. 작은
머리통을 가득 채웠던 최대 관심사는 '어떻게 하면 오늘
하루도 재미있게 놀 수 있을까?'였지요.

그 시절에는 장난감이라는 것이 지극히 귀했습니다.
하지만 돌아보면 심심하다고 느꼈던 적은 거의 없는

듯합니다. 한동네 사는 친구들과 동네를 쏘다니고
있노라면, 온 세상이 우리의 놀이터였고 눈에 들어오는
것은 무엇이든 장난감이 될 수 있었습니다.

겨울철 최고의 오락거리는 눈 쌓인 비탈에서 썰매를
타는 것이었습니다. 물론 요즘처럼 제대로 된 썰매는
상상도 할 수가 없었습니다. 대부분의 가정 형편이
빠듯했던 시절에 아이들에게 썰매며 장난감이며 척척
사줄 수 있는 집이 몇이나 되었겠어요? 사정이 좀 괜찮다
해도 당시에는 아이들 '장난질 따위'에 돈 쓰는 것을
탐탁지 않아 하는 어른들이 많았습니다. 그래도 썰매는
타고 싶으니 아이들은 다들 어디서 쌀 포대며 비료 포대를
척척 구해 와서는 눈밭을 누비고 다니곤 했습니다.

그러다 어느 순간부터 비료 포대 썰매가 영 성에 차지
않게 되었습니다. 초등학교 4, 5학년쯤 되었을 때의
일입니다. '진짜 썰매다운 썰매'가 타고 싶었어요. 하지만
어머니 아버지께 썰매를 사달라고 졸랐다가는 꾸지람을
들을 것이 뻔했습니다. 한참 혼자서 궁리하던 끝에
마침내 무릎을 탁 쳤습니다.

'그럼 내가 한번 썰매를 만들어보자!'

내가 만든 썰매

바로 아래 동생과 함께 동네를 돌아다니며 버려진
널빤지며 판자를 주워 모았습니다. 어머니 눈치를
봐가며 주워 온 것들을 마당 한구석에 쫙 늘어놓고는,
아버지 쓰시는 망치와 연장으로 나름대로 그럴싸한
썰매를 만들어냈습니다. 그런데 다 만들어놓고 나니
어쩐지 심심해 보이는 거예요. 그래서 이왕 만든 김에
조금 더 욕심을 내보기로 했습니다. 썰매 가운데 대못을
박고 장치를 하였습니다. 그렇게 오른쪽 혹은 왼쪽으로
크게 발을 제치면 방향까지 바꿀 수 있는 썰매가
탄생했습니다.

우리 형제가 만든 '운전할 수 있는 썰매'에 대한

소문이 곧 동네 아이들 사이에 파다하게 퍼졌고, 우리는 아이들의 부러움을 한 몸에 샀습니다. 심지어는 부모님이 사주셔서 제대로 된 썰매를 가지고 있는 아이들도 우리 썰매를 부러워했어요. 우리가 썰매를 끌고 밖으로 나가면 다들 자기도 타보고 싶다고 매달렸습니다. 그렇게 다들 한 번씩 태워주다 보면 어느새 해 질 무렵이 되어 그만 놀고 밥 먹으러 들어오라는 어머니들 목소리가 집집마다 울려 퍼졌습니다. 썰매를 끌고 땅거미가 내려앉은 골목길을 슬슬 걸어 내려오고 있으면, 정작 우리는 몇 번 타지 못했는데도 즐겁고 가슴이 뿌듯했습니다.

딱지치기도 빼놓을 수 없지요. 아버지 어머니 앞으로 라면이라도 한 상자 선물로 들어온다고 하면 신이 나서 가슴이 부풀었습니다. 라면보다도 상자가 탐이 났기 때문입니다. 골판지 상자를 뜯어 펼쳐 가지고 딱지를 만들면 아주 끝내줬거든요. 온 동네 통틀어 넘기지 못할 딱지가 없었습니다. 어머니가 학교에서 쓰라고 만들어주신 신발주머니에 하루 종일 접은 딱지를 두둑히 담아서 온 동네를 휩쓸고 다니곤 했지요. 그 시절 우리는 종이라면 그저 눈에 보이는 족족 딱지로

탈바꿈시켰습니다. 화장실에 걸린 신문지도 예외가
될 수는 없었어요. 나 어릴 때는 신문 없는 집이
없었습니다. 심지어 신문을 읽지 않는다 해도 꼬박꼬박
받아 봤는데요, 다름 아니라 화장실에서 써야 했기
때문입니다. 그때는 두루마리 휴지가 없었거든요. 우리
어머니도 매일 아버지가 신문을 다 보시고 나면 그걸
네모반듯하게 잘라서 화장실에 걸어놓으셨습니다.
그런데 나는 몰래 그걸 홀랑 다 걷어다가 딱지로
접어버리곤 했으니 당연히 무척 혼이 났지요. 이상하게
어린 시절에는 나중에 혼날 줄을 다 알면서도 놀고 싶고
장난치고 싶은 마음을 멈출 수가 없었어요. 이런 마음,
다들 이해하시겠지요?

　하루는 사과 한 상자가 선물로 들어왔습니다. 사과를
다 먹고 나니 커다란 나무 궤짝만 남았지요. 나는
이번에도 궤짝에 마음이 갔습니다. 어린아이들은 꼭
고양이 같아요. 상자가 있으면 어찌나 그 안에 들어가고
싶어 하는지요. 나 역시 그랬습니다. 어머니 안 계시는
틈을 타 몰래 들어가보니 사과 궤짝 안에 온몸이 쏙
담기더군요. 아직 몸집이 작은 어린이였으니까요.

팔을 빼 상자 턱에 걸치니 팔걸이 같고 꽤 안정감이
있었습니다. 또 잔머리가 굴러가기 시작했습니다.

'이걸 이대로 두기에는 아깝고 타고 다니며 놀면
재미있겠는데, 바퀴를 만들자니 너무 큰일이 되겠지?'

곰곰이 생각하다 굵은 철사를 주워다 기역 자로
구부렸습니다. 그 당시 우리 집은 마당과 본채 사이에
툇마루를 깔아두었습니다. 사과 궤짝 안에 들어간 채
그 철사를 툇마루 틈에 끼워 넣고 마루 위를 제치고
돌아다녔습니다. 마치 스키라도 타는 것처럼요. 당연히
나중에 돌아오신 어머니께 아주 크게 혼이 났지요. 나무
마루를 다 긁어먹었다고요. 그때는 눈물을 쏙 뺐지만,
이제 와 돌아보면 모두 마음이 아릿해지도록 그립고
즐거운 추억입니다.

내가 방송에 출연하고 교육자로서 이름을 알리던
때까지도 장난감이 지금처럼 다양하게 보급되어 있지
않았습니다. 나는 종이를 접어서 단순히 "예쁘죠? 이제
다음 것을 만들어봐요." 하는 것이 아니라 "참 재미있는
모양이 되었죠? 이제 이걸 마구 튕기고 움직여봐요!"라고
말하는 타입의 교육자였습니다. 열 개를 만들면 그중

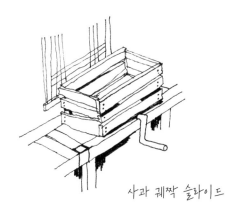

사과 궤짝 슬라이드

여덟아홉은 가지고 놀 수 있는 장난감이었지요. 내가
어릴 때부터 노는 걸 좋아했기 때문입니다. 부모님은
'공부는 안 하고 놀기만 좋아해서 나중에 뭐가 되려나.'
염려하셨지만, 이런 천성 덕분에 어린이들과 잘 어울리고
많은 사랑을 받을 수 있었던 것 같습니다.

부모님은 내가 사고를 칠 때마다 한바탕 혼을
내시면서도 꼭 끝에는 "자식, 그래도 손재주는 있구나."
말씀하셨습니다. 나의 손재주는 아무래도 어머니를 닮은
것 같습니다. 어머니도 내가 필요할 때마다 신발주머니며
손지갑 따위를 금세 척척 만들어주셨거든요. 아버지는

볼펜이나 만년필을 쓰다가 펜촉이 막히거나 하여
글씨가 잘 써지지 않으면 나에게 던져주곤 하셨습니다.
그러면 나는 그걸 다 뜯어서 깨끗이 닦고 잘 고쳐서
사용하곤 했지요. 어릴 때부터 재주가 뛰어나고 창의력이
남달랐다기보다는 선택의 여지가 없어서 그렇게
되었다고 말하는 쪽이 더 정확한 설명이 될 것 같습니다.
요즘 같으면 어지간히 귀하고 비싼 것이 아닌 이상 고장
난 볼펜과 만년필 따위는 금방 버려버리고 새로 장만하여
쓰겠지요. 하지만 그 시절 우리에게는 모든 물건이
귀했고 근방에 수리 맡길 곳도 없었으니, 직접 고쳐서
사용했던 것입니다.

장난감이 없어 직접 만들어서 놀겠다 마음먹어도
재료를 구하는 것 자체가 쉽지 않았습니다. 요즘같이
인터넷에서 주문하고 바로바로 배송받을 수 있는 환경이
아니었으니까요. 그래서 노상 동네를 두리번거리고
쏘다니다가 남들이 버린 물건이 보이면 냉큼 주워 들어
살펴보곤 했습니다. 좀 쓸 만한 것을 찾는 날은 아주
수지맞았다 했지요.

그런데 생각해보면 창의력과 상상력은 역설적이게도

그처럼 철저하게 상상의 여지가 제한된 가운데에 꽃 피우는 경우가 많은 듯합니다. 지금 우리들 대부분은 생활에 필요한 모든 인프라가 잘 갖춰진 곳에서, 손가락으로 휴대폰 화면을 가볍게 한 번 두드리면 원하는 물건을 바로 주문할 수 있는 시대를 살고 있습니다. 이처럼 풍요로운 시대를 산다는 것은 축복이지요. 하지만 의식하지 않고 지내다 보면 정말 손가락 터치 한 번 하는 것 이상의 생각은 못하게 되는 것 같습니다.

　우리는 놀거리가 턱없이 부족한 시대를 살았지만 한 번도 비참한 줄을 몰랐고, 단 하루도 그저 심심하게 흘려보낸 나날이 없습니다. 휴대폰을 손에 쥐고 시도 때도 없이 유튜브를 보고 게임을 하면서도 "심심해." 소리를 달고 사는 오늘날의 아이들을 생각합니다. 하루쯤은 스스로에게 손가락 터치 한 번 하는 것 이상의 불편을 줘보면 어떨까요? 그것도 참 의미 있는 일이겠다, 싶습니다.

아버지! 저 그림 배울래요!

어릴 적 우리 집은 꽤 유복한 편이었습니다. 동네에서 유일하게 '피아노 있는 집'이라 일컬어졌지요. 이외에도 우리 집에는 색소폰과 기타, 바이올린 등 온갖 악기가 있었습니다. 아버지가 음악가이셨기 때문입니다. 식구들을 건사하기 위하여 나중에는 음악의 길을 떠나 사업을 하셨지만, 이따금 피아노를 연주하고 기타를 치곤 하셨습니다. 여러 악기를 자유자재로 능숙하게 다룰 수 있는 아버지를 바라보며 감탄했던 어린 날이 기억납니다. 아버지는 내가 커서

훌륭한 음악가가 되기를 원하셨습니다. 당신이 미처 끝까지 가지 못한 그 길을 이어 가주기를 바라셨는지도 모릅니다. 그래서 나는 어릴 때부터 아버지께 피아노를 배웠습니다.

그런데 그놈의 피아노 치기가 왜 그렇게 싫었는지 모르겠습니다. 피아노 앞에 가만히 앉아 건반을 두드리고 있노라면 괜히 온몸 구석구석이 간지럽고 등짝이 꼬부라들었습니다. 특히 똑같은 부분을 여러 번씩 반복하여 치고 앉아 있을 때는 지겹고 재미없어서 하품이 났습니다. 무엇보다 아버지께 혼나고 매를 맞는 것이 싫었습니다. 요즘에는 안 그러겠습니다만, 당시 피아노 배우기란 틀릴 때마다 손바닥을 맞거나 머리통을 냅다 쥐어박히는 일이었거든요.

우리 아버지는 그 시절 여느 아버지들처럼 무섭고 엄격한 분이었습니다. 오남매 중 장남인 내게는 특히 더더욱 그랬습니다. 어릴 적 아버지에게 가장 자주 혼났던 사유는 내가 왼손잡이라는 것이었습니다. 사실 오른손잡이는 오른손을 주로 쓰고 왼손잡이는 왼손을 주로 쓰는 것뿐인데, 그 시절 부모님들은 자식이 왼손잡이라고 하면 마치 앞날에 큰 걸림돌이라도 놓인 것처럼 걱정하셨습니다. 모난 돌이 정 맞는다는 말이 격언으로 돌아다니는 세상에, 우선 왼손잡이는 딱 봤을 때 다른 대부분의 오른손잡이들과 다르니까요. 그래서 나는 왼손으로 수저를 쥐고 밥 먹는 모습이 볼썽사납다고 혼이 났고, 학교에 갔다가 돌아오면 꼭 어머니에게 손을 내보여야 했습니다. 만약 학교에서 왼손을 썼다면 손날이 새까매져 있을 것입니다. 연필을 왼손으로 쥐고 글씨를 쓰다 보면 손이 글의 진행 방향을 그대로 뒤따라가며 글자를 뭉개고 흑연이 묻게 되었거든요.

그런데 아무리 혼이 나도 결국 왼손잡이가 오른손잡이가 될 수는 없더군요. 나는 '왼손잡이질하는 버릇'을 고치는 대신 오른손 사용하는 법을 터득했습니다. 내 나름의 생존 전략이었지요. 평소에는 왼손을 쓰다가 아버지 앞에서는 오른손을 사용해서 밥을 먹었습니다.

아버지의 엄격한 훈육이 답답하게 느껴질 때마다 '이다음에 내가 부모가 된다면 내 자식들에게는 절대 그러지 말아야지.' 다짐했습니다. 실제로 나는 우리 아들딸에게 한 번도 공부해라, 뭐 해라, 성적이 왜 이 모양이냐 잔소리해본 적이 없습니다. 내 나름대로는 그것을 자부할 만한 점이라 생각하고 살았는데, 나중에 아이들 이야기를 듣자니 또 그렇지도 않았습니다. 내 딸은 그러더군요. 아빠에게 공부해라 소리 들어보는 게 소원이었다고요. 아빠가 자기 학업에 대해서도, 성적에 대해서도 일언반구하지 않으니 나한테 관심이 없는 건가 싶기도 했다고요. 그 말을 듣고 기가 찼습니다. 또 새삼 참 어렵다 생각했습니다. 좋은 부모가 된다는 것이란 무엇일까요? 여전히 알 수 없지만, 모두가 그저 최선을 다할 뿐이겠지요.

아버지 성화에 오른손을 쓰다 보니 졸지에 양손잡이가 되었습니다. 그것도 나중에 다 요긴하게 쓰이는 수가 있더군요. 예술고등학교에 다닐 때는 온종일 데생 연습을 해야 하는 경우가 많았습니다. 나는 오른손으로 작업하다가 팔이 아파 올라치면 왼손으로 바꿔 하곤 했는데, 다른 친구들이 그 모습을 보고 얼마나 부러워했는지 모릅니다. 또 〈TV유치원〉에 출연할 당시에는 촬영 각도에 따라 손을 바꿔 썼습니다.

"선생님이 특별히(!) 우리 코딱지 친구들 보기 편하게 왼손으로 자를게요!" 너스레를 떨고 생색을 내가면서요. 그럼 내가 양손을 모두 사용할 수 있다는 걸 알고 있는 담당 PD는 뒤에서 어처구니없다는 듯 웃으며 말했습니다. "아이고! 또, 또, 또 뻥친다!"

결국 나는 내내 뺀질거리다가 중학교에 들어가면서 피아노 배우기를 그만두었습니다. 아버지께는 죄송하지만, 그래도 나는 아버지를 닮아 지금까지도 음악 듣는 것을 무척이나 좋아합니다. 음향 기기에 관심이 많아 성능 좋은 스피커와 앰프가 집안 곳곳에 있고, 차를 바꿀 때도 카오디오를 항상 최고 사양으로 맞춥니다. 칠십이 넘은 지금까지도 나의 삶 곳곳에 아버지의 흔적이 남아 있고 그 영향이 나의 취향을 이루었다고 생각하면 새삼 신기해집니다. 그리고 나는 그렇게 만들어진 나의 삶과 취향이 퍽 마음에 듭니다.

피아노는 영 내키지 않았지만 미술은 내 마음을 사로잡았습니다. 특히 만화를 정말 좋아했습니다. 몇 푼 되지 않는 용돈을 열심히 아껴서 어느 정도 모이면 동네 만화방에서 만화책을 한 권씩 사서 손끝에 침 발라가며 한 장 한 장 소중히 봤던 것이 기억납니다. 나이를 먹고 회사원이 된 뒤에도 만화에 대한 애정은 식지 않아서 월급날이면 외국 코믹스를 여러 권 사 들고 와서 보곤 했습니다. 그림은 움직이지 않는데 어떻게 그 속에 든 인물들은 살아 숨 쉬는 듯 생생한지, 이야기는 어쩜 그렇게 물 흐르듯 술술 풀리는지 신기했습니다. 나도 한번 저렇게 그려보고 싶다는 욕심이 생겨 중학교에서는 미술부에 들어갔습니다.

그러던 어느 날, 비극이 일어났습니다. 친구들과 공을 던지며 놀다가 그만 야구부 감독 선생님 눈에 띄고 만 것입니다.

"야, 너 왼손으로도 공을 참 희한하게 잘 던지는구나. 너는 야구부에 들어와야 하겠다."

"예? 저는 미술부인데요….."

"안 돼! 미술부는 무슨 미술부야? 너는 무조건 야구부에 들어와야 해!"

그 당시 하늘 같은 선생님이 말씀하시는데 내가 무슨 도리로 거절할 수 있었겠어요? 그렇게 야구부에 끌려가게 되었고, 고통받는 나날이 시작되었습니다.
낮에는 죽어라 공을 던지고, 저녁에는 선배들에게
기합을 받으며 매일 야구방망이로 궁둥이를 얻어터져야
했습니다. 공을 잘못 던졌다고 얼차려, 인사를 제대로
하지 않았다고 얼차려, 너는 딱히 잘못한 게 없지만 옆에
쟤가 잘못했으니 같이 얼차려…. 온 궁둥이에 든 검붉은
피멍이 가실 날이 없었습니다. 원숭이 엉덩이는 빨갛다는
동요가 있는데, 그 시절 내 엉덩이가 딱 그랬습니다. 너무
아파서 바로 눕지도 못하고 엎드린 채 잠을 청할 때면
억울해서 눈물이 났습니다.

'내가 왜 이 고생을 해야 하나? 내가 야구부에 들어오고
싶어서 들어온 것도 아닌데….'

동시에 강제로 못하게 된 미술부 생활이 눈앞에
어른거려 눈물이 났습니다. 그림 그리고 싶다는 마음이
주체할 수 없이 치밀어 올라왔어요. 다행히 나중에
부모님이 내가 매를 심하게 맞는다는 사실을 알고
야구부 활동을 중단시켜서, 다시 미술부로 돌아갈
수 있었습니다. 그러자 비로소 행복하고 마음이
편해지더군요. 이 일이 굉장히 강렬한 인상으로 남았기

때문에, 나는 아예 화가를 꿈꾸게 되었습니다. 그래서 아버지께 말씀드렸지요. 예술고등학교에 진학하고 싶다고요. 하지만 아버지께서는 심하게 반대하셨습니다.

"그냥 일반계 고등학교에 들어가서 공부나 해라. 너 환쟁이가 되어서 돈 벌 일이나 있겠냐?"

그림 그리는 사람들을 환쟁이라 낮잡아 부르던 시절이었습니다. 문화적 환경이 훨씬 발달한 요즈음에도 예체능계 종사자들은 불안정한 수입으로 고통받는데, 그 시절 예술가들의 고충이란 말도 못할 지경이었지요.

그러나 결국 자식 이기는 부모는 없다고 하지요. 언제나 더 많이 사랑하는 쪽이 져주는 법이기 때문입니다. 우리 아버지 또한 평소에는 굉장히 엄하셨지만, 항상 결정적인 순간에는 제 선택을 따라주셨습니다. 이때도 예술고등학교는 절대로 안 된다며 반대하시더니 얼마나 시간이 지났을까, 나에게 툭 던지듯 무심한 투로 말씀하셨습니다.

"야, 그런데 그림 배우는 학교에 들어가려면 따로 수업을 받아야 하는 거 아니냐?"

그 말씀이 맞았습니다. 당시 나는 미술에 대한

기본기가 전혀 없던 상태였으니까요. 그래서 김호걸 선생님께 미술 수업을 받게 되었습니다. 선생님은 이후 나체를 극사실주의로 표현하는 인물화로 무척 유명해져 예술계에 이름을 떨치셨습니다. 나는 그분께 삼 개월 동안 데생과 수채화를 배우고 예술고등학교 입시를 치렀습니다. 모두 우리 아버지가 판단하시고 알아봐주신 것이었지요. 아버지는 그런 분이었습니다. 일견 냉정하신 듯해도 자식의 열정을 보고 실질적으로 뒷받침해줄 수 있는 방법을 고민하시는 분이었습니다.

이후 어머니와 코를 맞대고 예술고등학교의 입학 원서를 썼습니다. 쓰고 나서 보니 경쟁률이 삼십 대 일에 육박했습니다. 게다가 남자는 거의 뽑지 않았습니다. 여학생을 다섯 명 뽑을 때 남학생은 한 명 뽑는 꼴이었지요. 또 같이 시험 보는 아이들의 집안은 죄다 어찌 그리 쟁쟁하던지요. 요즘 같으면 면접시험을 볼 때 부모님 직업과 직장을 묻는 일은 상상도 할 수 없지만, 당시에는 자연스러운 일로 여겨졌습니다. 그때도 듣고 있자니 전부 아버지가 어디 임원에, 할아버지가 큰 회사 사장인 소위 '대단한 집 자식들'이었습니다. 나중에

학교에 들어가고 나서도 등하교할 때마다 시커먼
세단들이 교문 앞에 줄지어 있는 것을 볼 수 있었습니다.
부잣집 기사들이 아이들을 학교에 데려다주고, 또 데리러
오고 하는 것이었지요.

　'세상에. 내가 겁도 없이 이런 학교에 들어가겠다고
아우성을 쳤구나. 아무래도 이런 아이들을 제치고
합격하기는 어렵겠지?'

　눈앞이 아득해졌습니다. 너무 기대하지 말자고,
떨어지더라도 크게 실망하지 않도록 마음의 준비를
해야겠다고 혼자서 생각했지요.

　그래도 발표일에는 학교에 갔습니다. 하얀 전지에 쓴
합격자 명단이 쫙 나붙어 있던 학교의 담벼락이 아직도
생생하게 떠오릅니다. 요즘에는 집에서 학교 인터넷
사이트에 접속해 수험번호를 입력하면 합격 여부를 바로
확인할 수 있지만, 당시에는 직접 학교에 가서 교문 앞에
나붙은 합격자 명단을 확인해야 했습니다. 그 안에 내
이름이 있으면 합격이고, 없으면 불합격이었지요. 애타는
마음으로 목이 빠져라 담벼락을 들여다보았고, 잠시 후
내 이름이 합격자 명단에 올라 있는 것을 발견했습니다.

그 순간에는 선뜻 믿기지 않아 머릿속이 하얘졌으나, 곧 뛸 듯이 기쁘고 행복해졌습니다. 이제 앞으로는 피아노를 치지 않아도 되고, 야구공을 던지지 않아도 되었습니다. 그토록 그리고 싶었던 그림만 원 없이 그릴 수 있으리라 생각하니 가슴이 설렜습니다!

'참 어른'에 대한 기억

        정말로 다른 걱정 없이 온 정신과
마음을 쏟아 그림만 그릴 수 있었다면 얼마나
좋았을까요? 나 역시 그럴 수 있으리라 생각했고
추호도 의심하지 않았습니다. 하지만 운명은 평이한
삶에 대한 기대를 완전히 뒤흔들어놓았지요. 그 시절에
예술고등학교를 나와 미술대학 산업디자인과를
졸업했다고 하면 사람들은 그걸 보고 '저 사람은
원래부터 굉장히 잘살았겠구나, 부자였겠구나.'
생각합니다. 시쳇말로 '금수저'였구나, 하는 것이죠.

물론 어린 시절 우리 집은 꽤 잘사는 축에 속했습니다. 그러니 내가 예체능 계통 입시를 준비하고 예술고등학교에 입학할 수 있었지요. 하지만 내가 고등학교 2학년이 되었을 때, 상황이 완전히 뒤바뀌어버렸습니다. 아버지 사업이 실패했기 때문입니다.

사업 실패 후 찾아온 고난은 너무나도 전형적이었습니다. 우리가 드라마에서 흔히 볼 수 있는 '빨간 딱지'가 온 방의 가구마다 나붙어 마음 편히 손댈 수 있는 것이 하나도 없었습니다. 아버지는 어디론가 사라져 한동안 돌아오시지 않았습니다. 우리 가족은 하루아침에 모든 재산을 처분하고 맨몸뚱이만 겨우 챙겨 사직동 산속의 판잣집으로 이사해야 했습니다.

그러자 당장 등하교하는 것부터 큰일이 되었습니다. 학교는 정동에 있는데, 우리 오남매와 부모님까지 일곱 식구 먹고살기도 급급한 형편에 차비를 달라고 할 수가 없었습니다. 결국 아직 하늘이 깜깜할 때 새벽별을 보며 집을 나서 학교까지 걸어가야 했지요.

이른 새벽에 당시의 신문로, 부잣집들이 즐비한 거리를

걸어가고 있으면 정말 참담한 마음이 들었습니다.
우리 집도 예전에는 저렇게 잘살았는데, 이제는 모두
옛날이야기가 된 것입니다. 하루아침에 다락방으로
쫓겨나 천덕꾸러기 신세가 되어버린 소공녀의 마음이
그러했을까요? 내 처지를 생각하자 속에서 뜨거운
것이 울컥 치밀었지만 꾹 눌러 참으며 학교까지 꿋꿋이
걸어갔습니다.

　우리 남매도 큰 충격을 받았는데, 그때까지 일궈온
전부를 잃은 어머니 아버지 마음은 더욱 절망적이었을
것입니다. 하지만 부모님은 마냥 주저앉아 계시지
않았습니다. 그러실 수가 없었지요. 생때같은 다섯
아이의 목구멍이 포도청이었으니까요. 곧 재기하기
위하여 밤낮없이 열심히 일하기 시작하셨습니다. 특히
평생 노동이라는 말과는 무관한 삶을 사셨던 어머니가
일하러 다니시기 시작했습니다. 그래도 한번 주저앉은
삶을 다시 일으키기란 결코 쉬운 일이 아니었습니다.
나는 곧 학비조차도 못 낼 지경이 되었습니다.

　당시에는 분기마다 담임 선생님이 각 사람에게 학비
고지서를 직접 나눠주셨습니다. 집에 가서 그 고지서를

부모님께 전해 드리면 부모님은 학비 십수만 원을 봉투에 넣어서 건네주셨습니다. 그럼 그걸 학교에 가져다 내면 되었지요. 고지서가 나온 뒤 한동안 매일 담임 선생님께서는 수업 시작하기 전 조회 시간에 학비를 걷으셨습니다. 그런데 나는 계속 안 냈습니다. 내고 싶어도 낼 수가 없었지요. 돈이 없었으니까요.

처음 얼마 동안은 나처럼 안 낸 녀석들이 좀 있었습니다. 부모님께 말씀드린다는 것을 깜빡 잊은 녀석, 부모님께서 학비를 이미 주셨는데 그걸 가지고 딴짓을 하다가 다 까먹은 녀석…. 그래서 가볍게 꾸지람을 듣고 넘어가는 정도였는데, 결국은 모두 다 학비를 챙겨 내고 나 하나만 안 낸 채로 남았습니다.

내가 계속 학비를 내지 않자 우리 반 담임 송문섭 선생님이 나를 교무실로 따로 부르셨습니다. 아마 등록금을 내지 않은 아이가 있으면 그 아이의 담임 선생님도 교장 선생님으로부터 몹시 닦달받았던 모양입니다. 선생님은 그때까지도 우리 집 가정 형편이 기울었다는 사실을 모르고 계셨습니다.

"너 학비를 왜 계속 안 내냐?"

"……."

"학비 받아다 다른 데 갖다 쓴 게 아니냐?"

"아닙니다."

"그래? 그러면 어머님께 말씀드려서 다음 주에는 꼭 가지고 오도록 해."

하지만 다음 주가 된다고 없는 돈이 생길 리 있을까요? 나는 다시 그 한 주를 가슴앓이하며 보냈습니다. 하루하루 지날 때마다 속이 바짝바짝 타들어갔습니다. 이번에는 틀림없이 학비를 가져오라고 하셨는데, 선생님께 뭐라고 말씀드려야 하나. 그래도 감히 어머니께 말씀드릴 엄두는 내지 못했습니다. 알고 있었습니다. 어머니께 이렇게 애끓는 심정을 털어놓으면 분명 빚을 내서든 어떻게 해서든 학비를 마련해주시리라는 것을요. 하지만 그걸 알았기 때문에 더더욱 말씀드릴 수가 없었습니다. 아무래도 가난을 겪으며 철이 들었던 모양입니다.

결국 아무 대책 없이 담임 선생님과 약속한 다음 주가 되었고, 나는 여전히 학비를 내지 못했습니다. 담임 선생님으로부터 재차 호출을 받아 혼자 교무실까지 걸어가면서 생각했습니다.

'그래. 이제 내가 학교를 다니는 건 여기까지다.'

그렇게 마음먹으니 담담해지더군요. 교무실로 들어가 선생님 앞에 서니 송문섭 선생님께서는 날 보고 물으셨습니다.

"야, 김영만. 너 이 자식 어떻게 된 거야?"

그때 처음으로 말씀드렸습니다. 아버지 사업이 망하여 원래 살던 집을 떠나 사직동 판잣집으로 이사를 갔습니다. 차비도 없어 걸어 다니는 형편입니다. 그래서 등록금을 낼 수가 없습니다. 학교를 그만두어야 할지도 모르겠습니다.

선생님은 아무 말 없이 조용히 내 이야기를 다 들으시고는 말씀하셨습니다.

"집에 가서 어머니께 다시 한번 말씀드려봐라. 정 안 되면 내가 교무회의에서 이야기하든 뭘 하든 다른 방법을 찾아보겠다."

그것으로 끝이었습니다. 송문섭 선생님은 더는 내게 학비 이야기를 하지 않으셨습니다. 이후로는 그래도 집안 형편이 아주 조금 괜찮아져 겨우겨우 학비를 낼 수 있었습니다. 나는 다시 학교생활로 돌아갔습니다.
선생님과의 일은 까맣게 잊어버렸습니다. 졸업할
때까지요. 얼마나 철이 없었으면 그럴 수 있었을까,
지금도 한탄스럽습니다.

나는 아직까지도 그 시절 동창들과 연락하며 지냅니다.
가끔은 같이 만나 저녁도 먹습니다. 그중에는 학교
졸업하고 대학 교수를 하다가 정년퇴직한 녀석들도 있고,
자기 분야에서 열심히 활동하여 예술계에서 이름을 떨친
녀석들도 있습니다. 한 시절을 풍미한 가수 윤시내 씨도
내 친구입니다. 아직도 이따금 '야! 건강 잘 챙겨라!' 하고
안부 문자를 주고받곤 합니다.

친구들을 만나면 하루 종일 밤이 깊도록 이 얘기 저
얘기 사는 얘기를 다 합니다. 하지만 나는 학교 다닐 적
얘기만은 절대로 먼저 꺼내지 않았습니다. 그 시절을
생각하면 마음이 아프니까요.

그런데 육칠 년 전쯤이었을까요? 동창 모임을 하는데,
그 시절 우리 반 부반장이었던 박명숙이라는 친구가 내게
불쑥 물었습니다.

"야, 영만아. 너 우리 담임 선생님이었던 송문섭 선생님

기억하니?"

"그럼. 기억하지. 그런데 송문섭 선생님은 왜?"

"예전에 선생님이 네 학비 대신 내주신 것 알고 있어?"

그 말을 듣자 마음이 철렁했습니다. 수십 년
세월에 걸쳐 마침내 거슬러 온 파도가 가슴을 때리는
듯했습니다.

'그래, 맞다. 그런 일이 있었지. 내가 왜 여태껏 그
생각을 하지 못했을까?'

선생님 일을 지근거리에서 보조하는 반장과 부반장은
담임 선생님과 가까울 수밖에 없습니다. 그날 나와의
두 번째 면담을 마치고 송문섭 선생님께서는 조용히
반장, 부반장을 불러 물으셨다고 합니다. 영만이가
요즘 어떠냐고요. 친구들과는 잘 지내는지, 학교생활은
잘하는지 등등을 물으시기에 친구들은 별생각 없이
대답했다고 합니다.

"선생님! 김영만이 걔 요즘 개판이에요. 공부도 통 안
하고요."

선생님은 조용히 그 이야기를 들으시고는 반장과
부반장을 돌려보내셨다고 합니다. 아버지 사업이 망하여

우리 집안이 어려워져서 그렇다는 둥 하는 이야기는 한마디도 하지 않으셨다고 합니다.

그로부터 며칠 뒤 학급 총무를 겸하고 있던 명숙이는 우리 학급 전원이 학비를 납부하였다는 사실을 확인했다고 합니다. 처음에는 행정 처리가 잘못된 줄 알았다고 했습니다. 내가 아직 학비를 내지 않았다는 것을 알고 있었기 때문입니다. 그래서 곧바로 선생님께 보고했더니 송문섭 선생님께서 조용히 말씀하셨다고 합니다.

"영만이 학비는 내가 내 봉급으로 처리했어."

그러고는 신신당부하셨다고요.

"명숙이 너, 이 얘기 영만이에게는 절대로 하지 말아라."

명숙이는 자식 낳고 손주 보고 다 늙어버릴 때까지 그 얘기를 내게 전하지 않았으니, 정말로 의리가 대단하다 하지 않을 수 없겠습니다. 뒤늦게 그 말을 전해 들으니 불덩이를 삼킨 것처럼 가슴이 탁 막히고 눈시울이 뜨거워지기 시작했습니다. 목멘 소리로 겨우 한마디 물었습니다.

"명숙아, 너 선생님 지금 어디에 계시는지 아니?"

명숙이가 대답하기를 마지막으로 연락했을 때에
미국에 계신다 하였는데, 지금은 선생님과 연락되는
사람이 아무도 없다 하였습니다. 그 제자인 우리가
다 늙었으니, 선생님께서는 아마 돌아가셨겠지요. 그
일을 두고 선생님께 감사하다는 말씀 한마디를 드리지
못한 것이 이제까지 가슴속에 원으로 맺혀 있습니다.
그래서 동창들을 만나면 꼭 내가 밥값을 내려고 합니다.
그렇게라도 하면 선생님께 받은 은혜를 조금이나마 갚을
수 있을까 싶어서요.

오늘까지도 매 학기 내는 대학 등록금은 부모님들에게
큰 부담입니다. 당시 교사의 월급이 얼마였는지는
모르나, 형편 어려운 제자 하나의 학비를 선뜻 내줄 만큼
넉넉한 액수가 아니었으리라는 것만큼은 똑똑히 압니다.

나를 보고 '좋은 어른' '훌륭한 어른' '진정한 어른'이라
말하는 사람들이 있습니다. 그러나 '참 어른'을 알고
있는 나로서는 그런 말 듣는 것이 부끄럽기만 합니다.
그분은 내게 아무것도 바라지 않고 은혜를 베푸시고는,

어린 마음에 혹여 자존심이라도 상할까 하여 제자가
백발노인이 될 때까지 그 사실을 감추셨습니다.

　송문섭 선생님, 은혜를 갚기는커녕 감사 인사조차
제대로 전하지 못한 못난 제자는 한없이 죄송스러울
뿐이지만, 선생님께 받은 사랑에 부끄럽지 않게
살겠습니다. 말로 받은 사랑을 되로 줄지언정 베풀며
살고 싶습니다.

교복 이야기

나는 고등학교 졸업 앨범이 없습니다.
잃어버리거나 한 것은 아니고, 졸업 앨범비를 내지
못했기에 처음부터 갖지 못했습니다. 나중에 동창
녀석들을 만났을 때 슬쩍 떠보았지요. "야 너 아직 우리
고등학교 졸업 앨범 가지고 있냐? 있으면 한번 좀 보자."

　그렇게 수십 년 만에 들여다본 졸업 앨범. 사진 속 앳된
얼굴의 나는 몸에 맞지 않는 커다란 교복을 입었습니다.
이 큰 교복에도 생각하면 코끝이 시큰해지는 사연이 하나
있어요.

잠깐 내가 막 고등학교 합격 소식을 확인했을 때의 이야기로 되돌아가보고자 합니다. 학교에 붙었으니 교복을 마련해야 했지요. 나는 시장에 가서 까만 학생복을 사 입으면 되겠구나 생각했습니다. 왜 우리가 시대극 같은 데서 자주 보아 '옛날 남자 교복' 하면 흔히 떠올리는 그런 옷 있잖아요. 칼라 없는 목깃을 후크로 채워 입는 까만 상의와 바지, 챙이 좁고 가운데 교표가 붙는 검정색 학생 모자 말입니다. 그런데 학교에서 나온 안내문을 받아 보니, 이화양장점이라는 곳에 가서 교복을 맞추라고 하는 것이 아니겠어요?

알고 보니 예술고등학교의 교복은 그런 학생복이 아니라 아저씨들이나 입을 것 같은 양복이었습니다. 까만 우단 칼라가 달린 곤색 양복에 와이셔츠를 받쳐 입고 곤색 넥타이를 매야 했습니다. 신발도 구두를 신어야 했지요. 어린 마음에 단박에 무언가 잘못되었다는 생각이 들었습니다. 곁에 계시던 어머니께 물었습니다.

"어머니, 나 그냥 여기말고 다른 데 시험 보면 안 될까요?"

그러자 어머니는 냅다 꿀밤을 놓으며 나무라셨습니다.

"이 자식아, 붙었으면 가야지. 네가 가고 싶다고 해서 붙어놓고 왜 이제 와서 안 가겠다고 그러니?"

양복은 실용성도 빵점이었습니다. 입고 움직이기도 불편했거니와 특히 나 같은 미술 학도들에게는 최악이었습니다. 나는 예고에서 유화를 전공했는데, 특히 이 유화 물감은 일단 한번 양복에 묻으면 무슨 수를 써도 지워지지 않았습니다. 빈대 잡다가 초가삼간 태운다지요. 지워보겠다고 박박 비벼 빨았다가 오히려 물감이 번져서 옷이 더욱 엉망이 되는 경우도 종종 보았습니다. 결국 옷에 물감이 묻지 않게 조심하는 수밖에 없었는데, 아무리 주의해도 결국 옷이 더러워지는 것을 막을 수는 없었어요. 나중에는 우리 학교 학생들끼리는 멀리서 옷만 보고도 '아, 쟤는 유화하는 애구나.' 알아볼 수 있을 정도가 되었습니다.

사직동 산기슭 판잣집에서도 해는 매일 뜨고 지고 우리 남매는 쑥쑥 자랐습니다. 특히 나는 1학년 때 맞췄던 교복이 몹시

교복 입은 내 모습

작아져 양복 상의가 팔목 위까지 올라오고 바지도
깡똥하니 짧아졌습니다. 애초에 키가 클 것을 감안하여
일부러 크게 맞췄는데도 그렇게 된 것입니다. 그뿐만이
아니었습니다. 몸통이 커지면서 상의 단추도 채워지지
않았지요. 그래서 보통 고등학교 2학년 2학기 즈음이
되면 남학생들은 다들 교복을 한 번씩 새로 맞춰
입었습니다. 하지만 나는 작고 짧은 교복을 여전히
그대로 입고 다녔습니다. 매일같이 교문 앞에서 규율부
선생님께 붙잡혀 혼이 나고 매를 맞았습니다. 왜
불량하게 교복 단추를 채우지 않느냐고요.

당시 김용일이라는 친구가 우리 반 반장이었습니다.
그 친구는 아주 잘생긴 데다가, 키도 덩치도 나보다 한참
컸습니다. 교복 때문에 골머리를 썩고 있던 차에 하루는
용일이가 교복을 새로 깔끔하게 맞춰 입고 왔기에 슬쩍
다가가 물었습니다.

"야, 너 원래 입던 교복은 어쨌냐?"

"집에 있을걸?"

"너 그거 안 입을 거면 나 갖다줄 수 있겠냐?"

"어. 그래. 어머니한테 여쭤보고 가져다줄 수 있으면

가져다주마."

그러고는 정말 다음 날 자기 책가방에 입던 교복을 넣어와 나에게 건네주었습니다. 받아 입어보니 상의가 거의 허벅지까지 내려오고 어깨도 축 처졌습니다. 그래도 나는 그저 감지덕지, 고마울 뿐이었습니다. 적어도 단추를 잠글 수는 있으니까요. 그날 저녁 어머니에게 같은 반 친구에게 교복을 얻었다고 말씀드렸습니다. 어머니는 덤덤하게 잘했다, 한마디하셨습니다. 아마 뒤에서는 무척 우셨겠지요. 여하튼 나는 융일이의 교복을 받아 입고 학교를 무사히 졸업할 수 있었습니다.

융일이는 후에 캐나다에서 생활하게 되었습니다. 이따금씩 한국에 들어오곤 했지만, 그때는 우리 모두 성인이 되고 각자의 생활에 바빠졌을 때라 좀처럼 시간을 내 만나기가 어려웠습니다. 하지만 나는 아무리 바빠도 열 일 제쳐놓고 융일이를 만났습니다. 우리 집에 초대하여 저녁을 먹이고, 그게 여의치 않을 때는 밖에서 만나 저녁을 샀습니다. 하루는 밥을 먹고 함께 길거리를 걸어가다가 친구에게 잘 어울릴 것 같은 예쁜 옷을 발견하여 선물하기도 했습니다. 해줄 수 있는 건 다

해주고 싶었는데, 특히 꼭 옷을 사주고 싶었습니다. 내가 친구 옷을 입고 일 년 반 동안 학교를 다녔으니까요.

용일이에게 넌지시 물었습니다.

"야, 너 나한테 네 교복 줬던 일 기억하냐?"

그런데 세상에, 준 놈은 기억을 못하더군요. 받은 놈은 세월이 한참 지난 지금까지도 고마워서 그 빚을 갚겠다고 발을 동동 구르고 있는데 말이죠.

당시 학교에서의 내 모습은 스스로 생각하기에도 정말 가관이었습니다. 학비를 못 내서 담임 선생님과 수차례 면담하고, 새 교복도 맞추지 못해서 보기 흉하게 짧은 옷을 입고 다니며 공부에 제대로 집중하지 못하는 모습을 보면 누구라도 우리 집 사정이 많이 어려워졌음을 알 수 있었을 겁니다. 특히 입던 교복을 좀 달라는 부탁을 받고, 몸에 맞지도 않는 교복을 일 년 반 동안이나 입고 다니는 모습을 보았을 때, 짐작은 확신이 되었겠지요. 반면 당시 우리 학교 친구들은 앞서도 말했듯 다들 내로라하는 집 자식들이었습니다. 그러나 단 한 사람도 나의 어려운 가정 형편을 두고 얕잡아보거나 헐뜯지 않았습니다. 내가 먼저 말하지 않았으니, 캐묻거나 따로 알아보려 하지도 않았습니다. 아마 내가 그 당시 이토록 어렵게 살았다고 하면 깜짝 놀랄 겁니다. 그 시절 나를 있는 그대로의 김영만으로 대해준 친구들에게 그저 감사할 뿐입니다.

단 한 번, 가장 친한 친구 둘이 몰래 내가 사는 사직동 판잣집까지 따라온 적이 있습니다. 그 녀석들은 원래 우리 집에도 자주 놀러 오곤 했는데, 어느 날부터 내가 갑자기 집에 데려가지 않으려 하니 의문을 품었던 모양입니다. 친구들은 내 뒤를 밟아 사직동 산속까지 먼 길을 따라왔습니다. 그리고 내가 사는 허름한 판잣집을 다 보았습니다. 그 뒤에는 무슨 일이 일어났을까요? 형편이 너무 기울어 같이 못 놀겠다고 나를 멀리했을까요? 나를 가십거리 삼아 다른 친구들과 비웃으며 흉을 보았을까요? 아니요. 아무 일도 일어나지 않았습니다. 우리는 여전히 제일 친한 친구였습니다.

요즘은 조막만 한 아이들이 유치원과 어린이집에서부터 벌써 서로 '너희 집이 몇 평이냐' '엄마 아빠 차가 뭐냐' 물으며 서열을 정한다는 말을 들었습니다. 기초생활수급을 받거나 서민아파트에 사는 친구를 각종 멸칭으로 부르며 놀리고 따돌린다는 뉴스를 보고 크게 놀란 적도 있습니다. 누가 아이들에게 그런 것을 가르쳤을까요? 가난과 그로 인한 고통이 결코 죄가 될 수 없다는 것을 뼈저리게 아는 나로서는 그저 가슴 아플 뿐입니다.

　나는 삶을 통해 돈은 있다가도 사라질 수 있고, 없다가도 생길 수 있는 것임을 배웠습니다. 이는 인생을 살다 보면 누구나 알 수 있는 지혜입니다. 그런데 다 아는 어른들이 아이들에게 그걸 가르쳐주기는커녕 친구를 '가려서' 사귀도록 부추긴다는 사실이 안타까워요. 우리는 아이들에게 부(富)라는 그토록 변덕스러운 무언가를 통하여 사람에게 영영 부정적인 낙인을 찍어서는 안 된다고 가르쳐야 합니다. 그가 처한 상황과 여건이 어떠하든 상관없이 모든 이를 존재 자체로 귀하다 여겨야지요. 우리 아이들이 아무런 선입견과 편견 없이 서로를 진심으로 대하고 함께 살아가는 세상이 되기를 진심으로 바랍니다.

어려운 시절, 내 곁에 있어준 소중한 친구들

내가 어머니와
무 이삭을 주우며 배운 것

사업 실패로 아버지는 이루 말할 수
없이 큰 충격을 받으셨습니다. 갑자기 눈이 안 보이게
되어 한동안 아무것도 하지 못하셨지요. 아버지가
실의로부터 회복해 생업에 나설 수 있게 될 때까지 나와
둘째 남동생, 셋째·넷째·다섯째 여동생까지 오남매의
생계를 책임지는 일은 어머니의 몫이 되었습니다.
우리 남매도 일찍 철이 들어 부모님의 짐을 조금이라도
덜어드리려 애썼습니다. 어려운 시기를 함께 난 우리는
지금까지도 우애가 좋습니다.

일곱 식구가 사직동 산속의 작고 열악한 단칸방 판잣집에서 살아가자니 고충이 많았습니다. 나는 가뜩이나 마음이 심란하여 공부가 손에 안 잡히는데, 내 한몸 가만히 앉아 공부할 자리조차 마땅치 않았습니다. 학교에서 돌아오면 숙제고 뭐고 다 내팽개쳐놓고 다시 밖으로 나갔습니다. 가뜩이나 복닥복닥한 집에 나까지 들어가면 식구들이 있을 공간이 더 줄어드니까요.

그래도 나는 이미 많이 컸을 때였지만, 어린 동생들이 정말 고생을 많이 했습니다. 우선 하고 싶은 일을 많이 포기해야 했지요. 연극을 전공한 여동생이 학비를 못 내 쩔쩔맬 때에 도와주지 못한 것이 아직도 미안합니다. 입는 것은 물론 먹는 것도 마땅치 않았습니다. 오빠인 나조차도 가엽고 불쌍하여 마음이 안 좋았는데, 한창 자라는 나이에 배를 곯는 자식들을 바라보는 어머니 아버지 마음은 오죽했을까요?

하루는 어머니가 말씀하셨습니다.

"영만아, 너 내일 아침 일찍 나랑 같이 구파발에 좀 가자."

"구파발에는 왜요?"

"내 일 좀 도와다오."

"그럴게요. 동생들도 같이 데려갈까요?"

"아니다. 너만 오면 된다."

당시 어머니는 아침 일찍 일어나 밤이 깊어서야 겨우
눈을 붙일 정도로 쉬지 않고 일하시면서도 우리 남매를
이끌고 다닌 적이 없으셨습니다. 그저 학교 잘 다니고,
공부 열심히 하며 잘 자라주기를 바라셨지요. 그런데
이날은 예외적으로 도와달라고 말씀하시는 것이 좀
낯설었지만, 그러겠다고 대답했습니다.

다음 날 새벽 아직 해도 뜨지 않아 어둑할 때에
어머니와 일찍 집을 나섰습니다. 추운 계절이었기에
찬 바람이 옷 안쪽까지 파고들었습니다. 옷깃을 더욱
단단히 여미며 어머니와 둘이 나란히 어둠 속을 걸어가던
생각이 납니다. 걷고 또 걷고 버스까지 타고서도 한참
걸어 이른 곳은 구파발의 어느 무밭이었습니다. 이미 한
차례 수확을 마쳐 휑뎅그렁한 그곳에서 어머니는 쭈그려
앉아 가방을 열고 무언가를 꺼내셨습니다. 쌀 담는 포대
자루였습니다. 우리는 그 안에 수확하는 사람들이 상품
가치가 떨어져 그대로 버려두고 간 작은 무, 뽑아내다

끊어져 나간 무 꼬랑지 따위를 주워 담았습니다. 한참 열심히 주워 담고 보니 자루가 꽤 묵직해졌습니다. 내가 그걸 어깨에 둘러멨습니다. 어머니는 무거운 자루를 대신 들어줄 짐꾼이 필요하셨던 것입니다.

집에 돌아와서 어머니는 그 무로 물김치를 담그셨습니다. 김치라 해봤자 양념을 넉넉하게 쓸 수 있는 형편도 아니었습니다. 그런데도 그 허여멀건 물김치가 무척 맛있어서 우리 남매는 실컷 먹었습니다.

물김치도 좋지만, 자라는 아이들이니 고기반찬이 얼마나 먹고 싶었을까요? 요즘에는 사람들이 곱창을 아주 즐겨 먹고 살코기보다도 비싸다지만, 그 당시에는 그렇지 않았습니다. 특히 닭곱창은 지금도 먹는 경우가 드물지요. 그런데 어느 날 어머니가 시장에 가 그 닭곱창을 잔뜩 얻어 오셨습니다. 그걸로 찌개를 끓여주셨는데 어찌나 맛있던지요. 그 뒤에도 정육점에서 버리는 뼈다귀 등을 얻어다가 푹푹 끓여 내주시곤 했습니다. 나는 그 시절을 생각하면 부엌간에 앉아서 그 가느다란 닭곱창을 하나하나 깨끗이 씻어내시던 어머니 뒷모습이 아직도 눈에 선합니다.

하루아침에 밑바닥으로 추락해버린 집안 형편이
믿기지 않을 때가 많았습니다. 지나다니다가 크고
좋은 집들을 보면 나도 저렇게 살았었는데, 하고
부러워했습니다. 이 모든 게 자고 일어나면 깨는
꿈이었으면 좋겠다고 생각하기도 했습니다. 당장 학비
걱정, 교복 걱정으로 학교 가는 것조차 마음 편하지
않았던 때니까요. 하지만 그런 가운데서도 단 한 번도
부모님을 원망하지는 않았습니다. 어머니 아버지는
어려운 상황 속에서도 언제나 우리 남매에게 줄 수 있는
최고의 것을 주고자 노력하셨습니다.

특히 어머니를 생각하면 마음이 먹먹합니다. 그
시절에는 결혼을 일찍 하고 아이도 빨리 낳았기에 다섯
아이의 어머니였지만 요즘 기준으로 보면 그저 젊은
나이였습니다. 그마저도 결혼 이후 평생을 아버지로부터
돈 받아 살림하고 자식들 키우며 지내셨습니다. 그런데
어느 날 갑자기 생활비 받을 길이 뚝 끊기고 만 것입니다.
아버지가 사업 실패의 충격으로 잠시 앞을 볼 수 없게
되셨다지만, 어머니도 못지않게 그해 겨울이 참 깜깜하고
막막하셨을 겁니다.

어머니는 옷을 떼다가 보퉁이에 싸서 이고 지고 다니며 파셨습니다. 생전 장사라고는 해본 적 없는 분이 정신 사나운 시장통에 끼여 소리소리 지르며 땡품을 팔고 다니실 수 있었던 것은, 책임감 때문이었을 겁니다. 지키고 싶은 소중한 것을 반드시 지키고 싶은 마음 말입니다.

나는 어머니에게서 근성을 배웠습니다. 이후 나 역시 인생에서 많은 풍파를 만났습니다. 퇴사와 사업 실패, 내일이 보이지 않는 막막한 삶. 그냥 나자빠져버리고 싶은 순간도 많았지만, 그때마다 어머니를 생각했습니다. 나는 어머니가 일신의 안락함을 포기하고 키워낸 아들입니다. 내가 내 삶을 그대로 놓아버린다면 어머니의 노고도 헛된 일이 되지 않겠습니까? 그러니 포기는 없었습니다. 후퇴도 없었습니다. 무조건 정면 돌파.

결국 다 지나가고 나서야 그 의미를 알게 되는 시간들이 있습니다. 막상 겪고 있을 때는 몰라요. 당장 내가 힘들어서 죽겠는데, 의미가 뭐고 교훈이 다 무엇이냐 싶지요. 어쩌면 우리는 그 모든 역경을 다 겪으면서 비로소 성장하고 강해지는지도 모릅니다. 지난 시간의 의미를 성찰하고 숙고할 수 있을 만큼요.

어린 시절 스스로를 돌아볼 때 나는 참 놀기를
좋아했습니다. 잔머리가 잘도 굴러갔지요. 또
천성이 충동적이고, 모범생보다는 날라리 타입에 더
가까웠습니다. 하지만 아버님의 사업 실패와 그 후
가족에게 불어닥친 고난은 나로 하여금 신중해지는
법을 알게 하였습니다. 요행을 바라지 않고 하루하루를
성실하게, 온몸이 부서지도록 치열하게 사는 법을
가르쳐주었습니다.

또한 돈에 대한 집착이 사라지고 욕심도 줄었습니다.
부모님께서는 그 후 수년간을 열심히 일하시어 집안
형편이 점점 나아졌습니다. 특히 내가 군 복무 중일
때에는 휴가 나올 때마다 가족이 이사 갔다 하여 찾아가
보면, 전보다 나은 집에 살고 있고 동생들 입성도 꽤
그럴싸해져서 휴가 끝난 뒤 한결 개운해진 마음으로
복귀하곤 했습니다. 참으로 영영 끝나지 않는 시련이라는
것은 없더군요. 물론 돈이 많으면 좋지요. 할 수 있는 것도
많고요. 하지만 돈은 있다가도 없는 것이고, 없다가도
다시 벌 수 있는 것입니다. 그러니 나는 돈보다 귀한

가치를 바라보며 살아가고 싶습니다.

약 이삼십 년 전쯤 친한 친구에게 아주 큰돈을 빌려준 적이 있습니다. 무척 고마워하며 매달 이자를 잘 쳐서 보내주겠다던 친구는 삼 개월 만에 연락이 뚝 끊겨버렸습니다. 그 친구에게 돈을 빌려준 사람이 나뿐만이 아니라는 사실을 알게 되었습니다. 한번은 돈을 받겠다고 작심하고 여럿이 모여 그 집에 쳐들어갔는데 막상 찾아가보니 사는 모습이 처참하여 돈 달라 소리가 나오지도 않더라는 소식도 들었습니다. 그 말을 듣고 나는 바로 마음을 접었습니다. 보통 사람 같으면 몇 날 며칠, 아니 몇 년을 앓았겠지요. 어쩌면 평생을 두고 괴로워했을지도 모릅니다.

지금까지의 삶과 내가 받아온 넘치도록 과분한 사랑은 정확히 판단하고 정도(正道)를 걸어왔기 때문에 얻게 된 것이라고 자부하고 있습니다. 물론 운이 좋았다는 것도 무시할 수는 없습니다. 아주 어려울 때, 물이 코밑까지 차서 곧 죽어버릴 것 같을 때는 꼭 하늘에서 동아줄이 내려오는 것처럼 살길이 트이곤 했으니까요. 아무리 어려운 상황에서도 사람이 영 죽으라는 법은 없으니 우리 코딱지 친구들도 절대 옳은 길 걷는 일을 포기하지 말기를 응원합니다.

　이후 난생처음 취직하여 스스로 돈을 벌게 되고, 가족을 부양하고, 내 집을 마련했을 때의 보람은 이루 말할 수 없었습니다. 결국 가난은 나에게 가장 기막힌 공부였습니다. 지나왔기에 할 수 있는 말일지도 모르겠으나, 인생 전반적으로 생각해보면 선물이었던 것 같기도 합니다. 어린 시절 그 가난이 뼈에 사무치는 공부가 되었기에, 커서도 교만하여 제풀에 걸려 넘어지지 않고 오늘에 이르렀다는 생각이 들거든요.

엽서병 김! 영! 만!
신고합니다!

요즘 코딱지들은 가정환경이나 진로 등으로 고민이 있을 때 입대하는 경우도 있다는 이야기를 들었습니다. 어차피 대한민국에서 남자로 태어나 반드시 한 번은 병역 의무를 져야 한다면, 충분히 시간을 두고 생각하는 기회로 쓰자는 것이지요. 너무나도 공감할 수 있었습니다. 나 또한 그랬으니까요.

마음먹고 군대 이야기를 하자면 남자들은 삼일 밤이라도 샐 수 있지요. 요즘 군대는 많이 좋아졌다지만, '나 때는' 군대가 정말 끔찍했습니다. 복무 기간도 배는 더 길었고요. 다들 군대에 가지 않으려고 갖은 수를 다 썼습니다. 일단 갔다 하면 생고생을 하고 반 죽는다고 생각했으니까요. 하지만 나는 영장이 나오자마자 바로 자원하여 군대에 들어갔습니다. 집안 형편이 나아지고는 있었지만, 여전히 점심을 못 사 먹을 정도로 힘들었거든요. 그래서 '에이 차라리 군대에 가자. 밥은 먹여주겠지.' 하는 마음으로 입대하게 되었습니다.

나는 수색에 있는 ○○사단에서 신병 훈련을 받고 의정부에 있는 ○○보충대로 이동하여 자대 배치 및 인사 명령을 대기했습니다. 작대기 하나짜리 이등병들이 연병장에 새까맣게 모여 있으면, 사령부에서 마이크에 대고 군번과 이름을 부르며 사단을 발표해주었습니다. 몇 달 군번 아무개는 ○○사단, 또 다른 아무개는 제○○군수지원사령부…. 귀를 쫑긋 세우고 스피커에서 들려 오는 목소리에 온 신경을 집중하고 있다가 자기 이름이 불리면 소지품이 들어 있는 더플백을 걸머지고 자대로 가는 트럭에 잽싸게 올라타야 했습니다. 멍때리고 있다가 못 들으면 정말 큰일이 나는 거예요.

나는 잔뜩 긴장한 채 내 이름이 불리기를 기다렸습니다. 함께 훈련받은 전우들이 한 명 한 명 떠나고 운동장이 텅 비어가는데도 내 이름은 영 불리지 않았습니다. 마침내 그 큰 연병장에 나 혼자 남고 차도 모두 떠났습니다. 내색할 수는 없었지만, 정말 죽고 싶은 심정이었습니다.

　　'아이고, 왜 내 이름을 안 불러주지? 아무래도 내가 못 들었나 보다. 차도 벌써 다 떠났는데 나는 이제 끝장났다.'

　　나 혼자 그렇게 한참을 서 있는데 누구 하나 거들떠보는 사람도 없었습니다. 얼마나 그러고 있었을까요? 덩치 좋은 병장 하나가 에이포용지 크기의 누런 서류 한 장을 들고 내 앞으로 뚜벅뚜벅 걸어와 말을 걸었습니다.

　　"네가 김영만 이병이야? 보자…. 그림 공부했다고?"

　　따라오라 하기에 가보니 중대장실이었습니다. 알고 보니 나는 부대를 이동하지 않고 좌충되어 계속 ○○보충대에 남게 되었다고 했습니다. 마침 부대에 행정병이 필요했던 것입니다. 군에 컴퓨터가 없을 때라, 간부들이 브리핑할 때도 차트나 표, 그림 따위를 다 커다란 모조지 전지에 사람 손으로 직접 그려서 한 장 한

장 넘겨가며 설명했지요. 원래 그림 그리는 일을 했던 선임병이 곧 전역하게 되어, 내가 그 역할을 대신 맡게 되었습니다.

대나무 끝을 펜촉처럼 납작하게 깎아 잉크 묻혀 글씨 쓰는 것부터 연습했습니다. 보통 대자보는 글씨를 줄 맞춰 가지런히 쓰기 위해 칸칸이 접어서 쓰거나, 연필로 먼저 쓰고 그 위에 따라 쓴 뒤 연필 자국을 지워버립니다. 그런데 군 간부들은 접은 금이나 연필 자국이 보이면 싫어한다고 하더라고요. 그래서 전혀 접지 않고 직감만으로 줄 맞춰 쓰는 법을 익혔습니다. 처음에는 쉽지 않았지만, 나중에는 눈 감고도 써낼 수 있게 되었습니다. 불을 끄고도 떡을 가지런히 썰어냈다는 한석봉 어머니의 경지가 이런 것일까, 싶었습니다.

행정병으로 삼 년간 복무하는 동안 정말 많은 것을 배웠습니다. 기안을 올리는 방법, 각종 서류를 작성하고 결재받는 법 등…. 그것이 나중에 회사 생활할 때도 참 큰 도움이 되었습니다. 내가 그 시절에 행정병으로 복무했다고 하면, 남들은 '무슨 빽을 썼느냐?' '뒷돈을 얼마나 줬느냐?' 묻습니다. 그런데 먹고살기도 빠듯한 형편에 뒷돈 줄 돈이 어디 있어요? 우리 부모님도 어느 부대가 좋은 부대인지 알아볼 겨를도 없으셨습니다. 그저 군대에서 집으로 보낸 편지에 잘 있다 하니 그런 줄 아시고, 휴가 나온 아들 얼굴을 만져보니 죽지 않고 잘 살아 있구나 다행이다, 하셨지요.

선후임들과의 생활에서도 재미있는 일화가 참 많습니다. 특히 내 선임 중 최성기 병장이라는 사람은 아직까지도 기억나는데요, 이 사람은 밤만 되면 꼭 후임들에게 엽서를 한 장씩 건넸습니다. 방송국에 보낼 라디오 신청곡 엽서를 쓰라면서요. 어떤 곡을 신청할까요, 물으면 노래 목록을 쭉 적은 메모를 건네줬는데 전부 가수 나훈아 씨의 노래였습니다. 이 책을 읽는 코딱지들 중에는 방송국에 엽서를 보내본 사람도 있겠지요? 사연 채택되기가 얼마나 어려운지 잘 알 겁니다. 하루에도 수많은 엽서가 방송국으로 쏟아져 들어가니까 그중에서도 최대한 반짝반짝하고 예쁘게 꾸며야만 일단 제작진 눈에라도 한번 들 수가 있었어요.
그런데 이 최성기 병장이 다른 녀석들 엽서 쓰고

꾸미는 솜씨가 영 아니다 싶었는지 어느 순간부터 그 녀석들 몫까지 다 나에게 떠넘기는 게 아니겠어요? 그냥 쓰기만 해도 팔이 아픈데, 글씨체도 바꿔가며 쓰고 어떤 건 그림도 그리고 해서 서로 다른 사람들이 보낸 것처럼 하라는 거예요. 펜도 사인펜을 썼다가, 볼펜을 썼다가, 만년필을 썼다가, 연필을 썼다가 하고요. 그렇게 최성기 병장이 전역할 때까지 육 개월 넘게 엽서병 생활을 했습니다. 노래는 항상 나훈아. 하늘 같은 선임이니 감히 이유를 물어보지는 못하고, 하여간에 나훈아라는 가수를 굉장히 좋아하는 모양이다, 하였습니다.

그런데 나중에 알고 보니 최성기 병장이 나훈아 씨의 친형이지 뭐예요? (나훈아 씨의 본명은 최홍기입니다.) 당시 나훈아 씨는 한창 〈사랑은 눈물의 씨앗〉을 부르며 활발히 활동하고 있었습니다. 형으로서 동생 노래가 매일 밤 라디오에 나오고 더욱 유명해져서 잘되기를 바랐던 거예요. 그것이 인연이 되어 최성기 병장과 함께 나훈아 씨를 만나 같이 식사하고 콘서트에 초대받아 가기도 했습니다.

그 시절에는 하루 종일 훈련받고서 쉬지도 못하고 팔이

떨어져라 엽서 쓸 생각을 하면, 저녁이 오는 것이 두렵고 지긋지긋했습니다. 그런데 수십 년 세월 지나 돌아보니 신기하고 재미있는 추억이 되었네요. 산다는 일이 다 그런 거겠지요?

아내와의 만남

지나간 시간을 돌아보며 내가 살아온
삶에 대해 말하다 보면 결국 '사람'을 이야기하게 되는
것 같습니다. 좋은 사람, 고마운 사람, 미안한 사람….
결국 우리들의 삶은 인연으로 이루어지는 것인지도
모르겠습니다. 내 인생 수많은 인연 중에서 가장 소중한
인연을 꼽자면 바로 아내입니다.

나보다 다섯 살 연하인 아내를 처음 만나게 된 계기는
이러합니다. 당시 내 친한 친구 중 하나가 수유리에

있는 교회에서 청년회장을 하고 있었습니다. 하루는
내게 도움을 요청해 오기에 들어보니, 성탄절이 다가와
교회를 그에 어울리는 분위기로 꾸미고 장식해야 하는데
자기는 그럴 만한 손재주도 없고 실력도 못 된다는
것이었습니다. 나는 흔쾌히 도와주겠다고 했습니다.
당시 제대한 뒤 복학을 준비하고 있었기에, 어차피 할
일도 없었거든요. 내가 가서 다 해줄 테니 재료만 잘
준비해두라고 하였지요.

하루 날을 잡아 오후 늦게 친구네 교회로 향했습니다.
통행금지 시간 전까지 마치는 것이 목표였지요. 나
혼자 작업하는 줄 알았는데, 도착해보니 예닐곱 명이
기다리고 있었습니다. 아무래도 나 혼자 하기가 힘들 것
같아 도와주러 왔다는 것이었어요. 그중 우리 아내가
있었습니다. 나는 정신이 없어서 별 다른 생각을
못했는데, 그날 아내가 열심히 일하고 각 사람에게 해야
할 일을 지정해주는 내 모습을 보고 반했다는 것을 나중에
들었습니다. 여하튼 그것이 첫 만남이었습니다.

그로부터 얼마나 지났을까요? 친구가 청년회에서
행사를 한다며 나를 초대해주었습니다. 그 자리에서

아내를 다시 만났습니다. 그때는 서로 이야기를 많이 나누었습니다. 그때 나와 같은 고등학교 음악과를 나온 후배라는 사실도 처음 알게 되었습니다. 서로 말이 통하고 마음이 잘 맞아 곧 가까워졌고, 만나기 시작했습니다. 하지만 어려웠던 시절이기에 데이트라고 해봤자 산책하며 이야기 나누고 짜장면 한 그릇 먹는 것이 전부였습니다.

당시 아내 집은 미아리에 있었고, 우리 집은 정동이었습니다. 막차 시간이 되도록 같이 있다가 아내를 집까지 바래다주고 나면 나는 차가 똑 끊긴 데다가 통행금지 시간이 되어 집에 갈 길이 없었습니다. 하는 수 없이 어디 숨어서 밤을 지새우거나 하고 날이 밝은 뒤 집에 들어갔지요. 그 생활을 삼 년가량 하니 너무 힘이 들어서 "우리 그냥 결혼하자." 소리가 절로 나오더군요. 장인 장모님께서는 당연히 반대하셨습니다. 가진 것이 없고 집안도 어렵다는데 생김새도 날라리 같아 신용이 가지 않았던 겁니다. 하지만 아내는 반드시 나와 결혼해야만 하겠다고 고집을 부렸습니다. 도대체 나의 뭘 보고 그럴 수 있었는지 지금 생각해도 신기합니다.

당시 부모님께서 열심히 노력하신 덕분에 우리 가족은 사직동 판잣집을 나와 광화문 네거리 뒷골목에 있는 주택의 2층으로 이사할 수 있었습니다. 이층집이라고 하면 굉장히 그럴듯해 보이지만, 실은 다락방이었습니다. 층고가 낮아 허리를 펴고 일어서서 다닐 수도 없었지만, 상하수도 시설이 있으니 그것만으로도 감지덕지다 생각하고 살았습니다.

그 뒤 몇 년에 걸쳐 여러 번 이사하며 독립문 근처에 있는 서민 아파트로 살림을 옮겼습니다. 마찬가지로 아파트라 하여 근사하고 좋은 곳은 아니었고, 여덟 평짜리 방 하나에 작은 부엌이 전부인 집이었습니다. 화장실은 복도 끝에 있는 공중화장실을 이용해야 했고요. 그곳에 살 때 아내가 결혼 허락을 받기 위해 우리 집에 처음으로 인사를 왔습니다. 그래도 싫은 내색 하나 없었고 나와 결혼하겠다는 마음도 흔들리지 않았습니다.

결국 장인어른은 나를 불러 말씀하셨습니다.

"자네, 나랑 약속 하나 하지. 그러면 내가 결혼을 허락함세."

"예. 무슨 약속입니까?"

"결혼하거든 우리 딸이랑 같이 교회에 열심히 다니게."

신앙이 독실하신 장인어른의 부탁은 그것이
전부였습니다. 나는 어머니 손을 잡고 어릴 적부터
교회에 출입했지만, 그 당시에는 교회에 잘 나가지
않았거든요. 하지만 장인어른과 약속한 이후 오늘에
이르기까지 계속 교회에 열심히 다니고 있습니다.

결혼 전에는 양가 부모님 허락받는 일이 제일 힘든
줄 알았는데, 함께 살게 되고 나니 그런 것쯤은 힘든 일
축에도 들지 못한다는 것을 알게 되었습니다. 신혼집을
마련할 돈이 없어서 아내와 나는 결혼 후에도 비좁은
우리 집에서 가족들과 함께 살았습니다. 아내 입장에서는
시부모님을 모시고 시동생까지 거두어야 했으니
마음고생이 이만저만이 아니었을 것입니다. 그 생각을
하면 나는 아내에게 몹시도 미안하고 고맙습니다. 둘 중
따지자면 미안한 부분이 훨씬 큽니다. 결혼 당시 겨우
스물둘 내지는 셋밖에 되지 않았던 아내에게 고생을
너무 많이 시켜서요. 이후에도 직장을 그만두고 사업에
실패하면서 아내를 힘들게 했습니다. 결혼하면서 받은

패물들까지 다 가져다 팔아야 할 정도로 궁핍해졌지만, 아내는 힘든 내색을 하지 않았습니다.

무언가 새로운 도전을 시작할 때에는 가족의 지지가 가장 중요하다고 생각합니다. 특히 그 도전이 세상의 눈에 터무니없어 보이는 것이라면 더더욱 그렇지요. 종이접기 연구를 막 시작했을 때 내 나이는 서른둘이었습니다. 요즘 같으면 애지만, 당시 기준으로는 장년이었지요. 번듯한 자기 업을 가지고 가족을 건사해야 할 시기에 애들이나 가지고 노는 색종이를 연구하겠다고 하니, 주변에서 보는 시선이 결코 곱지 않았습니다. 아내 또한 분명 걱정이 컸을 겁니다. 그래도 내게 한마디도 하지 않았습니다. 불안했지만 내가 품은 신념을 전적으로 믿어주기로 선택한 것이지요.

본격적으로 종이접기 선생님으로서의 삶을 시작하고서도 너무 바빠 가족을 제대로 돌아보지 못했습니다. 전국의 아이들을 가르쳤지만, 정작 내 아이들과의 시간은 좀처럼 만들기가 어렵더군요. 가족을 먹여 살리기 위해 한다는 일이 어째 나를 가족으로부터 점점 멀어지게 했습니다. 그래도 내 진심은 그렇지 않다는 것을 믿어주고 빈자리를 대신 채워주며 우리 가족을 하나로 묶어준 사람도 아내입니다.

그동안 아내와 가족에 대한 이야기는 철저히 삼갔습니다. 나는 오랜 세월 방송에 출연해왔고 전국 곳곳을 다니며 아이들을 가르치는 것이 직업인 만큼 삶이 많은 사람에게 노출되어 있다지만, 그것이 우리 가족에게는 상처가 될 수도 있음을 알았거든요. 〈TV유치원〉에 출연할 당시 아이들을 데리고 외출한 적이 있습니다. 그런데 뒤에서 누가 아주 앳된 목소리로 나를 부르는 거예요.

"야! 저기 영만이 지나간다! 영만아!"

돌아보니 어린아이들이었습니다. 텔레비전에서 보았던 사람을 밖에서 만나니 저희들 나름대로는 내가 반가웠던 것이겠지요. 나는 그러려니 했는데 우리 아이들은 큰 충격을 받은 모양입니다. 우리 아빠를 함부로 부르지 말라고 소리 질러도 "왜? 영만이 아니냐? 맞잖아, 영만이!" 하며 저희들끼리 시시덕거렸으니까요. 그 뒤로는 아이들이 나와 함께 밖에 나가지 않으려 하더군요. 그 일 이후 절대 내 일에 가족까지 끌어들이지는 말자는 결심이 더욱 굳어졌습니다.

하지만 내가 살아온 삶과 걸어온 길을 고스란히 담아낸 이 책에서만큼은 아내를 꼭 이야기하고 싶습니다. 생애 전반에 걸쳐 나를 가장 든든히 지지해준 것에 대해 감사를 전하고 싶습니다. 이 세상에서 가장 멋지고 훌륭한 최금희 씨, 당신이 내 아내가 되어주었기 때문에 지금의 김영만이 있을 수 있었습니다. 진심으로 고맙고 무엇보다 사랑합니다.

통통 튀어요!
종이컵 문어

준비물

- 종이컵(원하는 만큼 준비해주세요!)
- 가위
- 색연필/사인펜 또는 색종이(문어의 입과 코, 다리 모양을 만들 거예요!)

① 종이컵을 그림과
　같이 가위로 잘라서
　문어의 다리를
　만들어요.

② 자른 부분을
　위쪽으로 말아
　올려주세요.

③ 색연필/사인펜으로 그림을
　그리거나 색종이를 오려
　붙여 문어의 눈과 코, 다리를
　완성해주세요!

① 손가락으로 머리를
가볍게 두드리면
통통 튀어요.

② 문어 여러 마리를
실로 연결하면 문어
모빌이 되지요.

2장

색종이라는 희망

안정적인 삶의 문을
박차고 나와

　　　　　대입을 앞두고 집안 사정은 조금씩
나아져갔습니다. 하지만 여전히 대학 등록금 내기도
빠듯한 형편에 밤낮없이 일하시는 부모님 앞에서
예술하겠다고 말할 수가 없었습니다. 진심은 정말
유화를 계속하고 싶었지만, 이제 어른이 다 되었는데
내 생각만 할 수는 없었습니다. 학교 졸업하는 대로
취업하기로 마음먹고 무엇을 전공하면 그나마 취업하기
좋을까 골똘히 고민했습니다. 그리고 그래픽 디자인을
전공하기로 했습니다.

그렇게 전공을 바꾸어 미술대학 산업디자인과(당시는
도안과)에 입학했지요. 학생 데모와 학교 휴업 등으로
어지러운 시대였기에 대학 생활의 낭만 따위는 느끼지
못했습니다. 대학에서의 시간은 어떻게 흘러갔는지 잘
기억도 나지 않습니다. 그래도 용케 졸업 후 바로 취직할
수 있었기에 다행이라 생각했고, 이제야 부모님께
도움을 드릴 수 있겠다 싶어 기뻤습니다. 나의 첫 직장은
대한전선의 광고선전실이었습니다. 당시 대한전선은
우리나라에서 세 손가락 안에 꼽히는 가전 회사였어요.
삼성, LG 다음 가는 곳이었습니다. 나는 대한전선이 뒤에
대우가 될 때까지 근무했습니다.

내가 취업하면서 가세도 점점 회복되어갔습니다. 그
모습이 보람되어 더욱 최선을 다해 일했어요. 업무도
적성에 맞아 재미있었습니다. 좋은 아이디어를 많이 내서
인정받고 진급도 굉장히 빨랐습니다. 특히 대한전선이
대우에 인수되면서 육 년 차에 과장으로 진급했습니다.
그런데 그때부터 고민이 많아졌습니다. 진급한다고 해서
마냥 좋은 일이 아니더군요. 먼저는 일이 재미없어진
것입니다. 나는 아이디어를 내고 시안 작업을 하는

디자인의 실무 과정이 즐거웠습니다. 그런데 과장으로 진급하고 나자, 부하 직원들의 일을 봐주고 상부에 결재받는 것이 주 업무가 되었습니다. 함께 어울리던 직원들이 나를 어려워하게 된 것도 불편했습니다.

무엇보다 미래가 보이지 않았습니다. 사실 과장 진급하고 나서 제일 먼저 했던 생각은 '내가 언제까지 일할 수 있을까?'였습니다. 일반적으로 디자이너들의 직장 생활은 굉장히 짧습니다. 내가 회사에 다닐 당시에는 최대한 진급해봐야 부장까지밖에 못 올라가는 것이 보통이었지요. 고심 끝에 결국 퇴사를 결심했습니다. 어차피 끝이 정해져 있다면 차라리 내 발로 박차고 나와 내 운명을 스스로 개척해보자고 마음먹은 것입니다.

'종이접기를 하지 않았다면 무슨 일을 했을 것 같은가?' '종이접기말고 다른 해보고 싶은 일이 있었는가?'라는 질문을 종종 받습니다. 나는 그럴 때마다, 젊은 시절에 멋진 광고 기획사를 차려보고 싶었는데 시작조차 제대로 못 해보고 실패한 것이 내내 아쉽다고 대답합니다.

퇴사 후 내 사업을 해보기로 마음먹었습니다. 마음 맞는 친구 세 명에게 투자를 받기로 했지요. 나 또한 집을 팔아 여의도 인근에 사무실을 얻고, 돈을 빌려서 사업을 준비하기 시작했습니다. 모든 일이 순조롭게 진행되는 듯했습니다. 하지만 어유로운 마음으로 시장 조사를 하던 중 절망적인 소식을 들었습니다. 가장 많이 출자하기로 했던 친구가 주식 투자에 실패하여 돈을 다 잃었다는 것이었습니다. 자연히 투자 계획도 없던 일이 되었죠. 개업도 못하고 삼 개월 동안 절박하게 다른 투자자를 찾았으나 결국 실패하고 말았습니다.

이때가 내 인생에서 가장 암담했던 시기입니다. 아침에 출근할 곳이 없다는 것이 이토록 비참한 일인지 그때 처음 알았습니다. 하지만 그보다 더 큰일이 있었습니다. 사업 부도가 나면 곧장 감옥에 들어가던 시절이었으니까요. 가족을 놔두고 감옥에 들어갈 수는 없으니 우선 상황을 어느 정도 수습한 뒤 귀국할 요량으로 일본에 갔습니다.

당시 일본에 살던 친구 하나가 나를 맞아주어 그 집에서 숙식하며 지냈습니다. 그렇게 두 달가량 지냈을까요, 어느 아침 친구 부부가 걱정하는 소리를 들었습니다.

친구에게는 딸이 하나 있는데, 둘 중 시간 맞는 사람이
매일 아침 아이를 유치원에 데려다주었습니다. 그런데
그날은 두 사람 모두에게 일이 생겨서 아이를 유치원에
데려다줄 수가 없다는 것이었습니다. 나는 그 말을
듣자마자 냉큼 말했습니다.

"그러냐? 그럼 내가 데려다주지 뭐."

마침 친구네 방 하나를 차지하고 신세 지는 것이 몹시
미안하던 참이었기에 도울 일이 있다면 뭐라도 해주고
싶었던 것입니다. 그때까지는 몰랐습니다. 이 일이
내 인생을 어떻게 이끌고 갈지, 어디로 데려다놓을지
말이에요.

운명이란 참 신기합니다. 막상 그 순간에는 잘
모르는데, 지나고 나서 돌아보면 내가 그때 꺼내놓은 말
한마디, 행동 하나가 삶 전체를 뒤바꿔버렸다는 사실을
깨닫게 됩니다. 마치 내가 그렇게 하기만을 기다리고
있었던 것처럼요. 어떤 때는 내가 이 한순간을 위해 그
모든 일을 겪었는가, 싶기도 합니다.

친구 딸아이를 데리고 유치원에 갔습니다. 꼭

병아리같이 작고 예쁜 아이들이 재잘거리며 등원하는
모습을 보니 오랫동안 울적했던 마음도 말갛게 씻겨
내려가는 것 같았습니다. 친구의 딸이 선생님 손을
잡고 교실 안으로 들어가는 모습까지 보고 다시
돌아오려는데, 문득 호기심이 생겼습니다. 이 많은
아이가 저 안에서 뭘 하고 노는지 궁금했던 것입니다.
그래서 창문 너머로 기웃거려보니, 다섯 살 정도 되어
보이는 조그만 아이들이 고사리 같은 손으로 웬 종이
한 장씩을 열심히 조물딱거리고 있었습니다. 뭘 하는
건가, 하고 잠시 지켜보았더니 손끝에서 이내 오동통한
학이 탄생했습니다. 속으로 '이야, 솜씨가 제법이구나'
감탄했지요. 그런데 그뿐이 아니었습니다. 교실의 다른
한 켠에서는 아이들이 종이로 표창 같은 것을 접어
저들끼리 던지고 받으며 재미나게 놀았습니다. 내심
놀랐습니다. 나는 저만 할 때 접을 줄 아는 것이 딱지밖에
없었거든요.

　그날 저녁 유치원에서 돌아온 친구 딸아이에게 너도
종이학을 접을 수 있느냐고 물었습니다. 그랬더니 자신
있게 "그럼요!" 하더군요. 그래서 그렇다면 나한테도

한 마리 접어달라 하였습니다. 날개를 펼치자 나타나는
학을 가까이에서 보니 더 놀라웠습니다. 나는 그걸 아무
내색하지 않고 방에 가지고 들어와 다 펼쳐보았습니다.
어떻게 하여 납작한 종잇장이 학이 되는 건지 몹시
궁금했기 때문입니다. 접은 선을 따라 순서를 유추해가며
다시 만들어보려 하는데 어찌나 어렵던지요! 살짝
자존심이 상하기도 했습니다. 그것이 내 인생 첫
종이접기, 색종이 세계와의 첫 만남이었습니다.

새로운 사명감을 느끼다

내가 사업에 실패하고 처음
종이접기라는 문물을 접한 것은 1980년대 초의
일입니다. 지금은 종이접기를 배우고 참고하기에 좋은
책이 많이 나와 있지만, 그때까지만 해도 우리나라에는
'종이접기 책'이라는 것이 없었습니다. 당시의 미술
교육은 그림 그리기가 주였지요. 물론 우리나라 아이들도
종이접기를 했습니다. 하지만 딱지, 치마, 저고리, 비행기,
동서남북처럼 단순한 접기 일색이었습니다. 전부
윗세대에서 아랫세대로 구전된 것들이었지요. 상황이

이러하다 보니 종이의 품질도 일본에서 보았던 것과는
비교도 안 될 정도로 떨어지더군요. 의문이 생겼습니다.

　'일본 아이들은 다섯 살짜리가 학도 접던데, 왜
우리나라 아이들은 그러지 못하는 걸까? 종이접기를
가르치는 곳이 없단 말인가?'

　그때부터 학교와 어린이 미술학원을 수소문해
돌아다니기 시작했습니다. 내가 직접 눈으로 확인해
본 곳 중 대부분이 아이들에게 종이접기를 가르치지
않았고, 가르치더라도 지극히 단순한 수준이었습니다.
네모난 색종이를 역삼각형 모양으로 접어서 양 끝을 접어
귀를 만들면 강아지 얼굴 완성! 땡! 체계적이고 제대로
된 커리큘럼이란 것이 없이 그저 주먹구구식 교육이
이루어지고 있었습니다. 가령 어떤 유치원에서는 일곱
살짜리 아이에게 덮어놓고 종이배 접기를 가르쳤습니다.
그게 뭐가 문제냐 할 수도 있겠습니다만, 사실 종이배를
접는 것도 꽤 힘든 일입니다. 우선은 종이를 접고 뒤집을
수 있는 손기술이 필요하고요, 무엇보다 접기 단계가 꽤
많기 때문에 끝까지 집중할 힘이 있어야 합니다. 결국
초등학교 4학년 정도는 되어야 즐거움을 느낄 정도로

편하게 종이배를 만들 수 있지요. 아무 기본기가 없는 일곱 살짜리 아이에게는 턱없이 어렵습니다. 종이배를 만들겠다고 끙끙거리다가 결국에는 종이접기 자체에 흥미를 잃어버리게 될 수도 있지요.

그래서 선생님들에게 물었습니다. 왜 아이들에게 제대로 된 종이접기를 가르치지 않느냐고요. 웬 시커먼 아저씨가 찾아와서 기웃거리니 무슨 물건이라도 팔러 왔나 하고 그때까지 경계하고 있던 선생님들이 쭈뼛거리며 대답했습니다. 안 하는 게 아니라 못하는 거라고요. 어떻게 가르쳐야 하는지 모른디고요.

그 말을 듣고 처음으로 사명감이 스멀스멀 샘솟는 것을 느꼈습니다. 똑같은 종이를 가지고서 어떤 어린이는 크레파스나 물감 묻힌 붓을 들고 쓱쓱 색칠하는 데서 끝마치는 반면, 다른 어린이는 요리조리 접어서 입체적인 공간감까지 창조해냅니다. 같은 종이를 가지고서도 2차원의 세상만 경험하는 아이와 직접 3차원의 입체를 창조해보는 경험까지 하는 아이의 세계는 다를 수밖에 없습니다. 창의력은 물론 성취감의 차원에서도요. 또 가장 단순하게는 아이들이 재미있게 놀 수 있었으면 좋겠다고 생각했습니다. 내 어린 시절만 생각해도 만약 신문지 한 장을 가졌더라도 더 많은 걸 접을 줄 알았다면, 하루하루가 더 재미났을 것 같다는 생각이 들었거든요. 나는 그렇게 자라지 못했지만, 내 자녀들, 우리나라의 아이들은 그 역동적인 경험을 누리고 더 재미있게 놀 수 있도록 길을 열어주고 싶었습니다. 누군가는 그래야만 하지 않겠는가, 싶었습니다.

이후 다시 일본으로 갔습니다. 두 번째 방문이었지요. 처음에는 사업에 실패하여 도망치다시피 갔습니다. 그때 나는 패배자였지요. 하지만 이번엔 아니었습니다. 나는 사명자요, 도전자였습니다. 분명한 목적의식이 있었기 때문입니다. 당시 동경역 앞에 서 있던 7층짜리 커다란 서점이 아직도 기억납니다. 어린이 코너는 6층이었어요. 나는 곧장 에스컬레이터를 타고 6층으로 올라가 그 많은 서가에 빼곡히 꽂혀 있는 어린이책들을 이 잡듯이 뒤졌습니다. 일본어를 잘하는 것도 아니었으니, 서울에서 김 서방 찾기였지요. 제목을 대충 확인하고 후루룩 넘겨보기만 하고서 책을 라면 상자 두 개들이로 가득 사 왔습니다. 그 책들을 방에 쫙 펼쳐놓고서 하나하나 줄을 쳐가며 뜯어보기 시작했습니다. 지금 생각해보면 나도 참 대책 없고 무모했습니다.

종이 한 장을 이렇게 오리고 저렇게 붙이니 바람개비가 되었습니다. 모든 것이 오 분 내로 끝났지요. 생각 없이 앉아서 만들다 보니 어느덧 이삼십 개 정도가 방 안에 가득했습니다. 나는 마치 다시 어린아이가 된 것처럼 들떴습니다. 신기했지요. 작은 색종이 몇 장으로 이토록 큰 창조의 기쁨을 느낄 수 있다는 것이요. 내가 만든 것들을 보여주니 아내는 별말이 없었지만, 당시 두 살, 네 살이었던 내 아이들은 몹시 좋아했습니다. 그 순간이었습니다. 만들면서 즐거워하고, 함께 가지고 놀면서 즐거워하는 종이접기의 기쁨을 알게 된 것은요. 그렇게 나는 시나브로 종이접기의 세계 속으로 빠져들어가고 있었습니다.

바람개비

두꺼운종이를 십자 모양으로 네짝 날개를 달고 날려본다.

딱 일 년만 해보세요

      흔히 말하기를, 성공하려면 '남달라야 한다'고 합니다. 남들이 가지 않는 길을 가야 성공할 수 있다는 것입니다. 나의 이 모든 이야기가 우리나라에 제대로 된 종이접기 교육이 전무하다는 문제의식에서 출발했다고 하면 누군가는 감탄할지도 모르겠습니다.

      "이야, 선생님 선구자시네요!"

      "블루 오션을 간파하는 안목이 뛰어나시네요! 역시 성공하려면 눈이 좋아야 한다니까!"

      실제로 '눈이 좋아서' 남들이 진출하지 않는 영역에서

기회를 발견하고 그리로 나가 큰 부와 명예를 얻었다는 사람들의 이야기를 종종 듣게 됩니다. 하지만 나는 그런 경우가 전혀 아니었습니다. 장년에 만난 종이접기는 내 마음을 완전히 사로잡았습니다. 나는 어릴 때부터 움직이는 것, 역동적인 것, 입체적인 것을 좋아했거든요. 명분도 충분했습니다. '우리나라 아이들에게도 종이접기를 가르쳐야 한다.' 다만 한 가지 결정적으로 마음에 걸리는 문제가 있었습니다.

'종이접기를 해서 먹고살기는 영 힘들겠지?'

당시에는 종이접기를 제대로 가르치는 학원도, 종이접기를 배우려는 사람도 없었습니다. 내가 마음먹고 파고든다 해도 취직을 잘할 수 있는 것도 아니었습니다. 학위를 딸 수 있는 것도 아니었고요. 특히 당시는 사람을 성별로 구분 지어 '남자가 어쩌구' '여자가 저쩌구' 하며 멋대로 재단하는 편견이 굉장히 심했습니다. 사람들은 아이들을 가르치는 교사라는 직업 자체를 '여자에게 좋은 직업'이라 여겼으니까요. 그런데 다 큰 남자가 공장에 가 자동차나 텔레비전을 만들겠다는 것도 아니고, 색종이를 가지고 아이들과 어울려 공룡과 로봇을 만들겠다니

얼마나 많은 무시와 경멸이 쏟아졌을까요? 여러분의
상상에 맡기겠습니다.

특히 아버지께서 격노하셨습니다.

"돈벌이는 안 하고 그 나이에 종이접기를 하겠다는
거냐? 멀쩡한 회사를 제 발로 걷어차고 나와서 하겠다는
게 고작 종이접기라고? 처자식 생각은 안 하는 거냐?"

내가 종이접기를 하려 한다는 소문이 퍼지니 잘 모르는
동창들은 수군거렸습니다. '코흘리개들 돈을 뜯으려고
그러는가 보다.' '학교의 수치 아니냐?' '제명해야
한다.' 등등…. 친한 친구들도 극구 만류했지요. 일단
종이접기는 돈벌이가 안 되니까요. 그러는 동안에도
아내는 내내 침묵을 지켰습니다. 그러다 마침내 입을
열어 내게 말했지요.

"정 그러면 한번 해봐요. 하지만 딱 일 년만이에요."

분명한 기한을 전제한 허락이었지만, 그동안
온갖 반대에 부닥치며 잔뜩 지친 나에게는 단비와도
같았습니다. 아버지를 찾아가 무릎을 꿇었습니다.
아이들이 아직 어리니 내가 새로운 도전을 감행하는 일
년 동안은 생계를 위해 도움이 필요했습니다. 아버지는

내가 종이접기하는 것을 마뜩잖아 하셨지만, 절체절명의 순간에는 결코 외면하지 않으셨습니다. 그 큰 사랑을 생각할 때면 언제나 깊은 감사와 존경으로 절로 고개를 숙이게 됩니다.

　도전은 언제나 어려운 일입니다. 혼자 힘으로 할 수 있는 경우는 많지 않고 대체로 다른 사람의 도움을 요하는데, 이 '도움받기'가 좀처럼 쉽지 않습니다. 나만 해도 아내와 자식을 고생시키는 것만으로도 양가 부모님 뵐 낯이 없는데, 아버지께 손까지 벌려야 한다고 생각하니 너무나 어려웠습니다. 하지만 여러분, 사람은 결코 혼자 설 수 없어요. 사람 인(人) 자는 두 사람이 서로 기대서 있는 모습을 형상화한 것이라는 말도 있습니다. 그러니 필요할 때는 당당히 도움을 요청하고 받으세요. 부모님 앞에서든 친구 앞에서든 고개를 숙이고 말을 얼버무리지 말고, 상대의 눈을 바라보며 내 목표와 그것을 이루기 위해 필요한 도움을 진정성 있게 설득해야 합니다. 그래야 듣는 사람도 신뢰가 생기고 도와주고 싶은 마음이 들지요. 나 또한 어려운 상황이었지만, 아버지께 믿음을 드리기 위해 애썼습니다. 그리고 도와준 사람이 실망하지 않게 최선을 다하면 됩니다. 목표를 이루고 나 또한 그 사람이 어려움에 처했을 때, 혹은 새로운 도전을 시작하려 할 때 든든한 도움을 주면 됩니다. 서로 도움을 주고받는 것이 사람으로서는 일입니다. 우리의 세계는 그런 식으로 확대되는 것입니다.

아버지는 일 년간 우리 가족의 생활비를 지원해주겠다고 말씀하셨습니다. 동시에 카운트다운이 시작되었어요. 나는 이를 악물고 다짐했습니다.

'일 년 안에 결판을 보고야 말겠다.'

그날부터 온종일 종이접기 연구와 커리큘럼 제작에 몰두했습니다. 연구하는 시간을 정해두고 그 시간이 되면 밥을 먹다가도 숟가락을 내려놓고 방으로 들어갔습니다. 일본에서 사 가지고 온 책들을 들여다보며 종이접기의 기초와 응용을 익혔습니다. 그것만으로도 종이접기 불모지였던 우리나라에서는 충분히 새로운 시도가 되겠지만, 나는 나만의 고유한 무언가를 만들어보고 싶었습니다. 더 많은 일을 해보고 싶었습니다. 이 색종이로 할 수 있는 일이 무궁무진할 것 같았거든요.

색종이의 네모진 형태를 무너뜨리지 않고 단순히 접기만 해서는 결국 한계가 있을 수밖에 없었습니다. 그래서 종이를 접어보기도, 찢어보기도 하고, 모양을 내서 오려보기도 했습니다. 또 남대문 문구 시장을 동네 슈퍼 드나들다시피 다녔습니다. 요즘 아이들은 어떤 것을 가지고 노는지 살펴보다가 새로 나온 물건이 있으면 일단 모두 사들였습니다. 그때까지만 해도 놀잇감이 많지 않았으니, 이왕이면 색종이로 아이들이 가지고 놀 수 있는 것을 만들어보자 하였지요. 그러면 아이들이 종이접기를 더 즐겁게 배울 수 있을 것 같았거든요.

휴지심과 다 먹고 남은 과자 상자, 우유팩, 빨대 등을 모으기 시작했습니다. 폐품은 비싸지 않으면서 주변에서 쉽게 구할 수 있는 재료였으니까요. 그리고 색종이로 접고 오려낸 것들을 그 위에 붙여보았습니다. 그렇게 처음 만들어낸 작품 1호가 '춤추는 도깨비'입니다. 색종이를 잘라 눈코입과 머리카락, 팔다리를 만들어 우유갑에 붙이고, 좀 더 빳빳한 색지를 용수철 모양으로 접어 머리와 몸통을 연결하니 신나게 춤을 추는 종이 인형 장난감이 되었습니다.

● 춤추는 도깨비
우유곽을 ▯ 모양으로
자른후. 얼굴·팔·몸을
따로따로부착.

　도깨비는 아이들이 즐겨 읽는 전래동화책에 좀처럼
빠지지 않는 단골손님이지요. 일본을 비롯한 외국의
도깨비는 무섭고 우락부락하게 생겼지만, 우리나라
도깨비들은 참 정이 많습니다. 잃어버린 물건을
찾아주기도 하고, 곤경에 처한 사람을 도와주기도
합니다. 장난기가 많아서 사람을 골탕먹이는 일이 종종
있지만, 그보다 더 똑똑한 사람의 지혜에 우스꽝스럽게
속아 넘어가기도 합니다. 편의상 '종이접기'라고
통칭하지만, 이것이 내가 지향하는 '종이 조형'입니다.
종이와 주변에 있는 재료들을 활용해 여러 가지 형태를
만들어내는 것이지요. 도깨비든, 호랑이든, 상어든,

악어든, 공룡이든 좋아하는 것은 무엇이든 만들 수

있어요. 상상할 수만 있다면요.

시간은 눈 깜짝할 사이에 흘러갔습니다. 연구하다

보면 두세 시간은 훌쩍 지났고, 열다섯 시간 동안

방에서 나오지 않는 날도 있었습니다. 처음엔 물론

어려웠습니다. 어떤 날은 새로운 종이 조형을 하루에

열 개나 만들어냈지만, 일주일 동안 고민해도 고작 한

개를 겨우 만든 적도 있었습니다. 그래도 아랑곳하지

않고 내가 만든 것들을 대학노트에 하나하나 옮겨

그리고 기록을 남겼습니다. 내가 하고 있는 일들을

실체로 남기는 기록의 순간에는 초조하고 불안한 마음을

가라앉힐 수 있었습니다.

지금까지 써 오고 있는 작업 일지들이 모여 두툼한

대학 공책으로 이삼십 권가량 됩니다. 이것들은 내 보물

1호입니다. 나는 이따금 생각날 때마다 내가 써온 작업

일지들을 찬찬히 훑어보곤 합니다. 그러면 그 시절

창작자로서의 내 희로애락을 그대로 느낄 수 있습니다.

특히 첫 일 년의 기록은 더욱 생생하고 강렬합니다.

하나하나 새로운 것을 만들어낼 때마다 찾아오는 쾌감이

어느 때보다 컸습니다. 아마 내 종이접기 인생 전체에
미루어봐도 그 일 년이 창조에서 오는 희열의 정점이었을
것입니다.

　낮에는 농사를 짓고 밤에는 글을 읽는다는 뜻의
사자성어 주경야독(晝耕夜讀)이 있습니다. 그 시절 나는
밤에는 종이접기를 공부하고 종이 조형을 연구하며,
낮에는 전화번호부를 펼쳤습니다. 전화번호부가
무어냐고요? 그 시절에는 전국 모든 업종 점포의
전화번호가 들어 있는 책이 있었어요. 그 두꺼운 책에
코를 박고 들여다보며 서울에 있는 유치원과 미술학원을
죄다 찾아 동그라미를 쳤습니다. 그리고 심호흡을 크게
하고 전화를 걸었지요.
　"나는 종이접기를 연구하는 사람입니다. 아이들에게
가르칠 수 있는 종이접기를 무료로 강의해드리겠습니다."
　물론 쉽지 않았지요. 유선상으로도 문전박대를 당할
수 있다는 것을 그때 처음 알았습니다. 최대한 상냥한
말투로 이야기해도 호의적인 반응을 기대하기는
어려웠습니다. 끝까지 다 들어주기만 해도 그저

감사했습니다. 말을 마치기도 전에 전화를 끊어버리기가 다반사였거든요. 이해 못할 일은 아닙니다. 낯선 사람이 접근할 때는 우선 경계하는 것이 인지상정이니까요. 그럼에도 막 대하고 무시하는 차가운 말들에 모멸감을 느낄 때가 많았습니다. 하지만 결국 어느 유치원에서 처음으로 반응을 보여주었습니다. 그렇게 난생처음으로 교사 여섯 명 앞에서 다섯 살에서 일곱 살 어린이들이 할 수 있는 종이접기를 강의했습니다.

이후 조금씩 입소문이 나기 시작했습니다. 온 발이 부르트도록 유치원을 돌며 강의하던 어느 날, 제안을 하나 받았습니다. 여러 유치원이 연합해 교사 삼십 명이 모이기로 했는데, 종이접기 강의를 해줄 수 있겠냐는 것이었지요. 나로서는 마다할 이유가 없었습니다. 그날도 열심히 강의를 마치고 돌아가려는데, 교사 연합회의 대표 원장님께서 하얀 봉투를 하나 건네주셨습니다. 전혀 기대하지 않았던 것이기에 너무 놀랐습니다. 나는 분명히 무료로 강의해드리겠다고 하고 찾아갔는데도 봉투를 주셨다면, 그건 순전히 자발적인 호의니까요. '내가 강의를 제대로 하고 있긴 한가 보다.'라는 생각도

들었습니다. 너무 가슴이 뛰어서 그 자리에서는 봉투를
열어볼 생각도 하지 못하고 그대로 집으로 가져왔습니다.

　나중에 아내와 나란히 앉아 열어보니 십만 원짜리
수표 한 장이 들어 있었습니다. 생각지도 못한
큰돈이었습니다. 짜장면 한 그릇이 천 원, 대학 등록금이
육칠십만 원 하던 때였거든요. 액수도 액수거니와
내가 종이접기를 하여 근 일 년 만에 처음으로 번
돈이었습니다. 그날 밤 아내와 서로 부둥켜안고 오래도록
엉엉 울었습니다.

　다시 처음의 이야기로 돌아가볼까요? 내가 수완이
좋아서 종이접기의 세계에 뛰어든 것이 아닙니다. 갈
수 있는 길이 그것뿐이었어요. 사업에 실패하고 직장도
없는 내가 손에 쥘 수 있는 것은 색종이뿐이었으니까요.
그래서 더욱 절박했습니다. '이게 정말 될까?' 고민하는
것도 사치였어요. 그저 자신을 믿고, 쭉 앞으로 나아가는
수밖에는 없었습니다. '무조건 되게 하고 말겠다.'라는
마음으로요. 지금까지도 그러했습니다.

　이제는 내가 '성공한 사람'이 되었는지, 부끄럽게도

"어떻게 하면 자기 분야에서 성공할 수 있나요?"라는 질문을 종종 받습니다. 그럴 때마다 떠오르는 이야기가 있습니다. 접시 닦이 두 사람이 있었어요. 한 사람은 접시를 닦으면서 생각했습니다. '어떻게 하면 이것보다 멋진 일을 할 수 있을까? 어떻게 하면 성공할 수 있을까?' 다른 사람은 접시를 닦으면서 생각했습니다. '어떻게 하면 이 접시를 더 깨끗하게 닦을 수 있을까?' 여러분은 두 사람 중 누가 성공했을 것 같은가요? 대체로 후자처럼 생각하는 사람이 성공할 가능성이 더 크다고 하네요. 내가 종이 조형을 연구하고 있을 때 다른 사람들은 폄하했습니다. 다 큰 어른이 색종이를 가지고 놀고 있다고요, 저건 하찮은 일이라고요. 정말로 종이 조형은 누군가의 눈에는 무용해 보일 수도 있습니다. 하지만 남들이 어떻게 생각하는가는 중요하지 않아요. 내가 이 일에서 충분한 의미를 발견하고 있는지, 최선을 다하고 있는지가 중요한 것이지요. 그래서 오늘도 어떻게 하면 성공할 수 있느냐고 묻는 질문에 나는 이렇게 대답하고자 합니다. "그저 지금 목표하고 있는 일에 충실할 뿐이겠지요."라고요.

월	화	
		1.
6. 악기놀이 〈종이컵 빨대피리〉 빨대를 세모모양으로 자른다 (손으로 납작하게 한다음에……) 종이컵 구멍뚫고 부착..	7. 다리(교량) 〈헬리콥터 날개〉 색종이를 길게잘라 3번접어서 날려본다. 10장정도 접어서 날려본다.	8. 카네이
13. 내손으로 척척 〈부엉이눈〉 2장의종이를 병풍모양으로접고 눈을 그림과같이 자른다음 종이를 부착…	14. 그림일기 〈종이판화 그림〉 종이를 여러가지 모양으로 오려서 다른 종이에 부착한다. 도화지를 대고 크레파스로 문지른다.	15. 선생
20. 물 〈색종이컵접기〉 크고작은 색종이로 만들어 접어서 접쳐 놓으면 예쁜모양이 된다.	21. 부처님 오신날 〈날으는 붕어〉 이러한 모양으로 자른다음 서로 엮어서 끼워 본다. 2장을 만들어 붙힌다.	22. 이용
27. 동생이 생겼어요 〈접혀진뱀〉 색도화지를 그림과같이접고 양쪽에 빨대손잡이 를 달아본다.	28. 양보하는 마음 〈종이붓 물감놀이〉 여러종류의 종이를 가위로 잘라서 물감을 찍어 종이에 그림을 그려본다.	29. 사자

김 영 만

목	금
2. 제비	3. 어린이 나라

목 - 2. 제비
〈제비비행기 접기〉
색종이로 네모
모양으로 접는다.
뒷면

금 - 3. 어린이 나라
〈네발우주인〉
우주인 모양을 낸다음
다리를 길게해서
접고 서로 엇갈리게
다리를부착
다리를 밀어본다····

| 9. 약속 | 10. 거북이 와 토끼 |

목 - 9. 약속
〈케이블카〉
고무줄에 실을 길게 연결 두꺼운종이에
부착, 케이블카 모양을 실에 걸쳐 본다.

금 - 10. 거북이 와 토끼
〈고개를 끄덕이는
토끼〉
♡ 모양을 이용하여
몸과 머리가 따로
논다.

| 16. 꿀벌 | 17. 지혜놀이 |

목 - 16. 꿀벌
〈사진기 접기〉
양쪽의
검은색부분을
손으로잡고
밀어보면
가운데가 벌어지면서·····

금 - 17. 지혜놀이
〈종이컵 인형〉
나무젓가락은
머리. 쥬스빨대는
양쪽 팔.
당겼다 올렸다 해보면
(돌려도 보아요)

| 23. 집 | 24. 이가 아 파요 |

목 - 23. 집
〈도깨비와 집〉
일회용 종이접시를
반으로 자른후
큰빨대 작은빨대를
이용하여 만든다.

금 - 24. 이가 아 파요
〈깡통 재주넘는
원숭이〉
그림과같이 만든다음
넓은판 위에놓고
굴려본다.

| 30. 평균대놀이 | 31. 소리 |

목 - 30. 평균대놀이
〈문어낚시〉
종이한장으로 낚시문어를만든다.

금 - 31. 소리
〈2중 바람총 접기〉
접혀진 부분의 한쪽
끝을잡고 내려치면
소리가 난다
양쪽다 소리가 난다

〈TV유치원〉 시절의 연구 노트

교육자로서 첫걸음을 내딛다

가족들과 약속한 일 년이라는 시한이
다가오고 있었습니다. 나는 종이접기를 통해 창작의
기쁨을 체험하면서, 유치원 교사 강의도 계속하고
있었습니다. 하지만 이렇다 할 수입을 집에 가져다주지
못하는 것은 여전했습니다. 이대로라면 종이접기 연구
활동을 곧 그만두어야 했습니다. 근심이 깊어가던 그때,
친하게 지내던 선배에게 연락이 왔습니다.

"야, 너 그렇게 집에서 놀고만 있지 말고 밥벌이를
해야 하지 않겠냐? 마침 국민학교 미술 교사 자리가 하나

비었다."

"예? 제가 국민학교 교사를요?"

무척 당황스러웠습니다. 나는 고교 시절에는 유화를, 대학에서는 그래픽 디자인을 전공했습니다. 아동 미술에 대해서는 아는 바가 없었으며, 교육 이론에 대해서도 완전히 문외한이었습니다. 내가 난색을 표하자 선배는 나를 설득했습니다.

"야, 아무리 그래도 네가 미술을 공부했으니 영 모르는 사람보다는 낫지 않겠니? 학교에서도 당장 미술 수업할 사람이 없어 사정이 무척 급한 모양이다. 무엇보다 네가 요즘 연구하는 게 그런 거 아니냐? 아이들에게 가르칠 수 있는 종이접기."

학교 측 사정이 급하였다지만, 당장 집에 생활비를 가져다주지 못하고 있는 내 사정 또한 여간 급한 것이 아니었습니다. 결국 얼떨결에 유석국민학교 미술 교사로 근무하게 되었습니다.

고백하자면 내가 직접 연구한 종이접기를 교육 현장에서 실습해보고 싶다는 욕심도 있었지요. 당시 주에 한두 번 있는 미술 수업은 전부 회화에 집중되어 있었습니다. 나는 그 틀을 깨보기로 했습니다. 그 시간에 종이접기를 하기로 한 것입니다.

저학년 어린이들에게는 종이접기를 주로 가르쳤습니다. 소근육 발달을 도울 수 있도록요. 반면 다양한 소재와 재료를 비교적 잘 다룰 수 있는 고학년생들에게는 종이 조형을 시도해보기로 했습니다. 집에서 라면 상자와 스티로폼 같은 폐품을 챙겨 오라고 하자 아이들은 영문을 몰라 어리둥절해했습니다. 미술 시간에 그리던 그림은 안 그리고 웬 쓰레기를 가져오라고 하니까요. 하지만 물감과 크레파스로 색칠하고 종이를 오려 붙이자 쓰레기는 로봇, 자동차, 공룡으로 변했습니다. 의문은 환희가 되었습니다. 아예 콘셉트를 정해두고 교실을 우주로, 해저 기지로 바꿔보기도 했지요.

개인적으로 나는 이 시기의 제자들에게 무척 고맙습니다. 내가 현장에서 처음으로 만난 어린이들이었거든요. 나는 내가 매일 밤 연구한 종이접기와 종이 조형을 아이들에게 가르치면서 반응을 보았습니다. 열 명 중 서너 명만 따라 하지 못해도 다시

원점으로 돌아갔습니다. '이건 아이들이 따라 하기엔 어렵구나.' 하고요. 지금까지도 교육이란 그래야 한다고 생각하고 있습니다. 스승은 맨 뒤에서 따라가며 제자들이 마음 놓고 앞으로 나아갈 수 있도록 지켜주는 사람이어야지요. 자기 기량을 한껏 뽐내며 내달려가면서 뒤따라오는 제자들이 넘어지든, 깨지든, 낙오되든 신경 쓰지 않는 것은 교육이 아니라고 생각합니다.

교육 현장을 다니다 보면 꼭 똑바로, 정확하게 잘해내야만 한다는 부담을 안고 있는 아이들을 만나게 됩니다. 다른 아이들은 1단계를 잘 끝마치고 2단계로 넘어갈 준비를 하고 있는데, 이 친구들은 1단계도 어려워서 끙끙대고 있어요. 그러면 선생님들은 난처해집니다. 다른 아이들을 마냥 기다리게 할 수는 없고, 다음 단계로 넘어가자니 이 친구들이 울음을 터뜨릴 게 분명하거든요. 선생님이 직접 가서 도와주며 진도를 맞출 수도 있지만, 간혹 아이가 반드시 저 혼자 힘으로 해내고 싶어 하는 경우가 있지요. 이럴 때 해결 방법은 의외로 간단합니다. "천천히 하고 있어. 선생님이 끝까지 할 수 있게 이따 따로 도와줄게."라고 말하는 것입니다. 그러면 아이도 안심하고 자신의 속도에 맞게 천천히 차분하게 나아갈 수 있어요. 모두를 위한 교육의 출발점은 이처럼 '너를 혼자 남겨두지 않을게.'라는 확신을 주는 것이 아닐까, 생각해봅니다.

문득 그리워집니다. 함께 삭막한 교실이라는 공간을 우주로, 해저 기지로 바꾸었던 제자들은 지금쯤 뭘 하고 있을까요? 저 바닷속부터 우주까지 너른 꿈을 마음껏 펼쳤기를, 폐품들을 이리저리 다루고 탈바꿈하는 과정에서 경험했던 경이와 행복을 기억하며 꿈과 희망으로 가득한 삶을 살아가고 있기를, 진심으로 바랍니다.

이 시기에 국민학교 미술 강사 자리를 맡은 덕분에 종이접기 연구를 계속할 수 있었습니다. 하지만 한 주에 두 번 특강을 나가 버는 수입만으로는 가족의 생계를 책임질 수 없었어요. 그래서 작은 미술학원을 인수했습니다. 나는 학교에서 꽤나 인기 많은 선생님이었기 때문에 아이들이 많이 찾아올 것이라고 기대했는데, 생각처럼 잘되지는 않았어요.

당시 우리 학원으로부터 길을 하나 건너면 또 다른 미술학원이 있었습니다. 우리 학원은 선생님들 월급 주기도 빠듯하여 절절매고 있는데 그 학원은 수강생도 많고 굉장히 잘되었지요. 원장 선생님은 외국 동요 〈사과 같은 내 얼굴〉을 우리말로 작사·번안하고, 동요 〈즐겁게 춤을 추다가〉를 작곡하신 김방옥 선생님이었습니다. KBS 어린이 방송 〈TV유치원〉의 율동 안무 또한 담당하고 계셨지요.

인근 지역 미술학원 교사 연합회 모임에서 그분을 처음 뵈었습니다. 각 학원의 원장들이 모여서 학원 운영과 교육 현안에 대해 의논하고 커리큘럼도 공유하는 자리였지요. 김방옥 선생님은 지금도 농담을 아주 재미있게 잘하고 굉장히 호쾌한 분입니다. 그분이 그 자리에서 나를 딱 보더니 함께 온 여동생에게 이렇게 말하는 게 아니겠어요?

"야, 저 선생님 참 잘생겼다. 우리 막냇동생을 똑 닮지 않았니?"

그것이 내 평생의 은인이 되신 김방옥 선생님과의 첫 만남이었습니다. 선생님은 이후 나에게 이런저런 조언도 많이 해주시고 학원에도 종종 찾아오셨습니다. 어떤 삶을 살았는지, 무엇을 공부했는지, 어떻게 학원을 차리게 되었는지, 학원을 차리기 전에는 무엇을 했는지 꼬치꼬치 물으시며 특히 내가 하고 있는 종이접기 교육에도 깊은 관심을 보여주셨지요.

그러던 어느 날 선생님이 말씀하셨습니다.

"김 선생님, 인터뷰 하나 나가자."

"네? 무슨 인터뷰요?"

"〈아침마당〉에서 인터뷰를 하고 싶다네. 유아 미술에 대해서."

"아이고, 저는 그런 걸 생전 안 해봤는데요. 선생님이 하시지."

"아유, 김 선생님이 종이접기를 아주 재미있게 잘한다고 소문이 났어요. 그래서 김 선생님을 인터뷰하고 싶대."

결국 어쩌다 보니 난생처음 방송에 출연하게 되었는데요, 어찌나 긴장했는지 목소리는 떨리고 내내 말을 더듬었습니다. 이삼 분짜리 인터뷰가 어찌나 길던지요. 겨우 마치고 땀을 뻘뻘 흘리며 카메라 뒤편으로 가니 김방옥 선생님이 계셨습니다.
나는 부끄럽고 창피한 와중에도 송구해서 몸 둘 바를
몰랐습니다. 나를 생각해서 귀한 자리를 소개해주셨는데
내가 완전히 망쳐버렸으니까요. 그런데도 선생님은
제 어깨를 두드려주시며 그저 재미있다는 듯 깔깔
웃으셨습니다.

　　김방옥 선생님을 생각할 때마다 어떻게 처음 보는 나를
그렇게 좋게 봐주시고 이후의 진로를 계속 이끌어주실
수 있었을까, 신기해집니다. 사업 실패 이후 이런저런
시도를 해보면서도 좀처럼 기를 펴지 못하고 헤매던 나를
수렁에서 이끌어준 것은 그저 내 막냇동생 같다는 이유로
베풀어주신 친절과 선의였습니다.

충격과 공포의 첫 녹화

아침마당 인터뷰를 아주 제대로 말아먹고 나서 다짐했습니다.

'나는 아무래도 영 방송 체질이 아닌 모양이다. 이제 내 인생에 두 번 다시 방송 출연은 없다!'

그런데 김방옥 선생님이 또 말씀하시지 뭐예요? KBS 〈TV유치원〉 담당 PD가 나를 만나보고 싶어 한다고요. 1982년부터 시작하여 오늘날까지 맥을 이어오고 있는 〈TV유치원〉은 MBC 〈뽀뽀뽀〉와 EBS 〈딩동댕 유치원〉과 함께 단연 대한민국 어린이 프로그램 삼대장이지요.

88올림픽이 한창이던 당시에도 무려 칠 년째 장수하고 있던 권위 있는 프로그램이었습니다. 나는 우선 경계 경보를 발동하고 물었습니다. 방송국 PD가 나를 왜 보자고 하느냐고요. 그랬더니 김방옥 선생님은 유아 미술 관련해서 조언을 구하려는 것이라며 그저 편하게 만나보라고 하셨습니다.

'조언하는 정도라면 할 수 있지.'

그 말에 긴장을 품고 약속을 잡았습니다.

얼마 뒤 만난 담당 PD는 눈을 반짝반짝 빛내며 내게 물었습니다. 전면 개편하여 올림픽 이후 완전히 새로운 프로그램으로 선보이고자 하는데, 무엇을 하면 좋겠냐고요. 마침 어린이 미술 코너를 이끌던 선생님이 그만두게 되었다고도 했습니다. 나는 편안하게 내가 가지고 있던 생각을 풀어놓았습니다.

"미술은 주입식 교육으로 가르칠 수 없어요. 큰 동그라미 위에 눈코입 그리고 작은 동그라미 두 개 붙여서 귀를 만들어 곰 얼굴 완성, 이런 식의 미술 교육은 아이들의 상상력과 창의력을 키워주기는커녕 오히려 제한하죠."

"그럼 무엇을 하면 좋을까요?"

"종이접기는 어떨까요? 내가 유치원과 초등학교, 학원에서 종이접기를 가르치고, 폐품을 이용해 조형 놀이도 해보았는데 아이들이 참 좋아했습니다. 평면의 색종이를 가지고 입체적인 공간감을 창조해내는 경험이 아이들의 창의력을 여러 방면으로 자극하지 않겠어요?"

담당 PD는 그 말을 듣고 곰곰이 생각하는 듯했습니다. 정말로 그전까지 〈TV유치원〉은 물론 어린이 프로그램에서 종이접기, 종이 조형을 선보인 적은 없었으니까요. 그날의 만남은 그렇게 일단락되었습니다. 그런데 얼마 뒤 다시 PD로부터 만나자는 연락이 왔습니다. 약속 장소에 나가보니 글쎄 대뜸 내 손을 붙잡고 말하더군요. 방송에 출연해달라고요. 내가 이럴 줄 알았어야 하는데! 나는 손사래를 쳤습니다.

"아이고 PD님. 제 나이가 지금 서른아홉입니다."

사랑스러운 어린이들이 하나 언니와 춤추고 노래하는 아름다운 풍경에 나같이 시커먼 아저씨가 끼어들어가 앉아 있는 장면이 상상조차 되지 않았습니다. 무엇보다 카메라를 생각하니 또 속이 울렁거리는 것 같았습니다.

그래서 사정사정하다시피 말했지요.

"그러면 제가 종이접기를 알려드릴 테니 하나 언니가 그걸 연습해서 아이들이랑 같이하게 하면 어떨까요?"

그러나 PD님은 고개를 단호하게 저었습니다. 아이들에게는 '선생님'이 필요하다고요. 그러면서 쐐기를 박았습니다.

"선생님, 그러면 일주일분만 녹화해보시죠. 방송국에 딱 하루만 오시면 돼요. 하루에 오 분씩 오 일 치 이십오 분 분량만 한번 부탁드리겠습니다."

이런 것을 설득의 기술이라고 하나요? 앞에서 거듭거듭 거절해왔던지라 이렇게까지 말하는데도 거절하기는 영 미안했습니다. 결국 수락하고 이 주 뒤에 만나 녹화하기로 했습니다.

이제 나에게는 고민이 남았습니다. 내게 할당된 시간은 각 회당 오 분이었습니다. 그조차 온전히 만들기에 쓸 수가 없었습니다. 타이틀과 오프닝 음악이 들어가고, 인사하고 그날 만들 것을 소개하고 나면 실제로 남는 시간은 삼사 분 정도였습니다. 그 짧은 시간 동안 무엇을 만들어야 아이들이 충분히 즐거워할 수 있을까요? 눈이 벌게지게 아이템을 고민하고 짧은 시간 동안에도 정확하게 만들어낼 수 있도록 순서를 외웠습니다. 특히 계속 시계를 들여다보면서 시간 맞춰 만드는 연습을 정말 열심히 했지요.

드디어 대망의 녹화 날이 되었습니다. 색종이와 풀, 가위가 든 가방을 털레털레 들고 방송국에 갔는데, 분장을 해야 한다고 했습니다. 요즘 말로 하면 메이크업이죠. 나는 그전까지 화장이라는 것을 해본 일이 없었습니다. 얼빠진 채 분장실에 끌려 들어가 의자에 앉았는데, 분장사가 커다란 솜뭉치를 들고 가루분을 푹 찍어 얼굴에 사정없이 두들겨댔습니다. 팡팡팡! 그 자리에서 내가 이 주 동안 외우고 연습한 것을 절반은 까먹었습니다.

분장을 마치고 나를 격려하러 온 김방옥 선생님 손에 이끌려 스튜디오에 들어갔습니다. 각종 보직의 수많은 스태프가 바쁘게 움직이는 가운데 위를 올려다보니 저 높은 곳에 조정실이 있었습니다. 스태프들은 각자 이어폰을 끼고서 촉각을 기울이고 있다가 조정실의

지시가 떨어지면 재빠르게 움직였지요. 조정실에서 "1번 카메라!" 외치면 카메라 담당이 위치와 화각을 조정하고, "맨 뒤에 있는 여자아이가 안무를 계속 틀리네요!" 지적하면 안무 담당 선생님이 바로 뛰어가 바로잡아주었습니다. 생전 처음으로 만나는 정신 없이 바쁘고 역동적인 촬영 현장. 나는 다시금 어안이 벙벙해졌습니다. 긴장하거나 떨 겨를조차 없던 그때, 김방옥 선생님이 내 팔을 잡아끌어 세트에 끌어다 앉혔습니다.

"원장님, 시간 없어. 지금 빨리 녹화 들어가야 해!"

배경지 앞에 책상 하나 놓인 단출한 세트. 떨리는 손으로 가방에서 준비물을 하나하나 꺼내 책상 위에 펼쳐놓는데, 숨 돌릴 새도 없이 누군가가 외쳤습니다.

"녹화 들어가겠습니다!"

그와 동시에 말 그대로 눈앞이 하얘졌습니다. 세트에 있던 모든 조명이 나를 향해 팟 하고 터져 나오는데 눈이 시렸습니다. 앞도 잘 보이지 않았습니다. 눈을 가늘게 뜨고 겨우 보니 저 앞에 대포 같은 카메라 세 대가 나를 딱 겨누고 있는 게 아니겠어요? 그 뒤로 여러 사람이 모여서 있었는데, 팔짱을 낀 그 모습이 꼭 '어디 저 풋내기가 얼마나 잘하는지 보자.' 하고 벼르고 있는 것 같아 순간 담이 쪼그라들었습니다. 그때 내가 이 주 동안 준비해 온 나머지 절반을 다 까먹었어요. 카메라 옆 브라운관 텔레비전 모니터에는 잔뜩 긴장하고 놀라 겁먹은 내 얼굴이 떠올라 있었습니다.

"선생님! 하나둘셋 하면 바로 시작하시면 됩니다!"

누군가 소리치는데 여전히 조명이 밝아 어디서, 어떻게 생긴 누가 외치는 건지도 알 수 없었어요. 그래도 시작하라니까 사라진 기억을 더듬더듬 되살려내며 떨리는 손으로 만들기를 이어나갔습니다. 얼마 안 되어 날카로운 외침이 날아들었습니다.

"컷! NG!"

그리고 스태프가 헐레벌떡 내 곁으로 달려왔습니다.

"선생님. 만들면서 설명도 해주셔야 해요. 말을 안 하고 손만 움직이고 계시면, 가정에서는 텔레비전이 고장 난 줄 압니다."

긴장을 풀어준다고 나름대로 농담까지 섞었지만, 이미 나는 잔뜩 얼어붙은 상태였습니다. 만드는 법을 다 잊었는데 어떻게 설명을 할 수 있을까요? 넋이 나간 채 고개만 주억거렸습니다. 어떻게든 해보자고 마음을 다잡으려 했지요.

그런데 이번에는 분장사가 부리나케 뛰어들어 왔습니다. 당시 조명은 지금처럼 발열이 적고 좋은 것이 아니라 뜨거운 할로겐등이었습니다. 그 아래 서 있으면 열기가 훅훅 끼쳐 온 얼굴은 물론 등허리까지 땀에 젖었지요. 땀이 흥건한 내 얼굴에 분장사가 다시금 가루분을 팡팡 두들겨댔습니다. 분가루가 눈에도 들어가고 코에도 들어가고 입에도 들어가 켁켁거리고…. 어쨌든 녹화는 재개되었습니다. 나는 어떻게든 설명을 해보려 했지만 내내 더듬을 뿐이었고, 나오는 말이라고는 영 앞뒤가 맞지 않았습니다. 어쩔 줄 모르는 어린아이처럼 카메라를 바라보며 멈춰버리기를 몇 번쯤 했을까, 보다 못한 PD가 조정실에서 세트로 뛰어 내려왔습니다.

"선생님! 괜찮습니다! 제가 잘 편집할 테니까요. 말씀을 틀리거나 더듬으셔도 당황하거나 멈추지 말고 계속하세요!"

나중에 들어보니 PD는 그날의 녹화분을 편집하느라 며칠 밤을 새웠다고 합니다. 요즘에야 영상을 촬영하면 디지털 형식의 파일로 저장되어 컴퓨터로 쉽게 편집할 수 있다지만, 당시는 VTR 테이프에 녹화하던 시절이었습니다. 내가 거듭 NG를 낼 때마다 테이프가 아까워 속이 무척 타들어갔을 겁니다. 편집할 때는 그 테이프를 일일이 가위로 자르고 다시 이어 붙이기를 수도 없이 반복했겠지요. 나중에 그 이야기를 듣고서 얼마나 미안했는지 모릅니다. 이후로는 NG를 내지 않으려 이를 갈았습니다. 그래서 방송 실력이 아주 빠르게 늘었어요. 만들기를 하다가 풀이나 가위를 떨어뜨려도 능청스럽게 말했습니다.

"아이고! 친구들! 요게 떨어졌네요? 잠깐만요, 선생님이 요것만 줍고 계속할게요."

그 모습을 보며 PD는 기가 찬다는 듯 "아이고, 원래 같았으면 NG인데. 저걸 넘어가네." 말하며 웃었다고 합니다. 나중에는 내내 신경을 곤두세우고 녹화 현장을 주시하다가도 내 차례가 되면 잠시 마음을 놓고 쉬었다고 하니, 첫날의 빚은 갚은 셈이라고 생각합니다.

첫 녹화를 엉망진창으로 마치고 녹초가 되어 집에 들어가니 아내는 그런 내 모습을 보며 깔깔 웃었습니다. 아이들은 아빠가 텔레비전에 나온다는 소식을 듣고 신이 나 꼭 챙겨 보겠다고 했습니다. 그런데 나는 도저히 내가 나오는 부분을 볼 수가 없었습니다. 아내와 아이들은 자기들끼리 방송을 챙겨 보고 깔깔거리는데, 나는 그저 울적했습니다. 그래도 5회 촬영분의 마지막 분량이 방송되는 금요일에는 마음을 굳게 먹었습니다.

'아무리 창피해도 마지막 방송은 봐야겠지.'

최악을 상상하며 마음속으로 예방 주사를 수 방 맞고 시청했건만, 영상 속 내 모습은 상상 그 이상으로 형편없더군요. 그야말로 가관이었습니다.

'이런 모습이 전국에 방송되었단 말이야?'

그날은 종일토록 창피해서 고개를 못 들고 다녔습니다. 자려고 누웠을 때는 분통이 터지더군요. 오른쪽으로 뒤척이며, '내가 명색이 학교랑 학원에서 아이들 휘어잡는 선생님인데 말 한마디도 제대로 하지 못하다니. 창피해서 어쩌나.' 하는 후회와 부끄러움. 왼쪽으로 뒤척이며, '다시 한 번 기회가 주어진다면 진짜 잘할 수

있을 것 같은데. 적어도 이것보다는 나을 거다.' 하는
이상한 욕심과 오기가 머릿속에 가득했습니다.

그로부터 일주일 뒤 〈TV유치원〉 담당 PD가 내게
밥을 사겠다며 연락해 왔습니다. 식당에서 만난 그는
대뜸 나에게 한 뼘 높이의 봉투 묶음을 건넸습니다.
처음에는 출연료를 주는 줄 알았는데, 그렇다고 하기엔
봉투 개수가 너무 많고 묶음이 두꺼웠습니다. PD가
말했습니다.

"선생님한테 온 편지예요. 팬레터."

내가 팬레터를 받다니? 깜짝 놀랐습니다. 하나를 뜯어
열어보니 유치원 선생님이 보낸 편지였습니다.

「보여주신 만들기를 우리 원생들이랑 같이해보려는데,
마지막 마무리하는 법이 생각나지 않네요. 다시 알려주실
수 있을까요?」

다시 보기 서비스는커녕 재방송이라는 것도 없이
본방송 지나가면 그대로 끝인 시대였거든요.

그중 한 통은 어느 어머니에게서 온 것이었습니다.

「우리 아기가 선생님 방송을 보고 가위로 커튼을 다 잘라놓았어요. 나는 너무 어이가 없는 와중에 아기는 그래도 재미있어하며 깔깔 웃는 모습이 예뻐서 같이 웃고 말았습니다.」

그리고 조그만 아이들이 고사리손으로 뻑뻑한 연필심에 침을 발라가며 꾹꾹 눌러 써 보낸 편지.

「지난주 목요일에 나왔던 거 마지막에 못 봤는데 어떻게 한 거예요?」
「선생님, 근데 왜 요즘 안 나오셔요? 어디 가셨어요?」

이루 말할 수 없는 감동을 느끼며 뭉클해하고 있던 그때, PD가 말했습니다.
"어떠세요?"
"뭐가 어때요?"
"계속하셔야 하지 않겠어요?"
"……."
여러분, 누군가를 설득하고 싶으면 꼭 이 PD님처럼

하시기를 바랍니다. 이렇게 귀한 선물을 받았는데 계속 안 하겠다고 버틸 수는 없지요. 그래서 시원하게 결정했습니다.

"그래요! 계속합시다!"

그것이 코딱지들의 영원한 종이접기 선생님으로 살아가는 인생의 시작이었는 줄 그때는 몰랐습니다.

D. I. Y. 방송 메이크업
(feat. 하나 언니)

　　　　　　　유치하지만 본격적으로 고정 출연을
결심했을 때 제일 마음에 걸렸던 것은 분장이었습니다.
커다란 솜뭉치로 가루분을 팡팡 두드려대는 건 아무리
해도 익숙해지지 않을 듯싶었습니다. 실제로도
그랬습니다. 이 년가량 받아도 나는 분장이 너무나
싫었습니다. 연예인들은 화장을 굉장히 진하게 하지요.
얇고 자연스럽게 화장하면 강렬한 방송용 조명을
받았을 때 화장한 표가 하나도 나지 않기 때문입니다.
같은 이유로 내 얼굴에도 파운데이션을 무척 두껍게

없었는데, 너무 답답하고 불편했습니다. 요즘처럼
화장 기술이 발달했던 때도 아니라서, 이목구비를
살리겠다고 어떤 부분은 허옇게, 어떤 부분은 시커멓게
딱 정직하게 칠했는데 거울을 보면 내가 꼭 어릿광대가
된 기분이었습니다. 눈썹도 영구처럼 두껍고 진하게
그렸는데요, 왜 분장사 선생님들은 꼭 내 눈썹만 칠할
때면 서로 할 이야기가 그렇게 많아지는 걸까요? 수다를
떠느라 정신이 팔려 있으면 내가 직접 그 펜슬 가는 대로
따라다녀야 했으니 어찌나 우스꽝스러웠는지 모릅니다.

분장을 다 받고 내가 진이 빠진 채 앉아 있으면 분장사
선생님이 신신당부를 했습니다.

"선생님! 웃지 마세요! 터집니다!"

터진다니 뭐가? 웃으면 얼굴에 두껍게 발라놓은
파운데이션과 파우더가 팔자주름에 끼여 자국이
남는다는 것이었지요. 아니, 그런데 명색이 어린이
프로그램에 나오는 선생님인데, 아이들 앞에서 웃지
말라니요?

어느 순간 더 이상 이렇게 살 수는 없다는 생각이
들었습니다. 그리하여 첩보 작전을 펼쳤습니다. 이름하여

'내가 직접 분장한다 대작전.' 은밀히 하나 언니에게 다가가 말을 걸었습니다.

"너 화장하는 법 잘 알지? 나 화장하는 법 좀 알려줄 수 있겠니?"

"네. 그럼요. 그런데 왜요?"

하나 언니가 눈을 동그랗게 뜨고 묻기에 자초지종을 들려주었습니다. 그랬더니 깔깔 웃으면서 기초 화장법부터 차례차례 알려주는데요, 어찌나 복잡하던지요. 스킨, 로션, 크림을 충분히 발라 얼굴을 촉촉하게 하고, 파운데이션을 뭉치지 않게 잘 펴 바르고, 볼터치는 광대를 중심으로 올리고, 아이섀도는 흐린 색부터 베이스로 얹고 진한 색을 바르고, 눈썹은 눈 모양에 맞게 각도를 맞추어 그리고, 립스틱 바르기 전에 입술도 촉촉하게 해두고…. 어질어질했지만 어찌저찌 이론은 마스터했습니다. 문제는 실전인데, 더 큰 문제가 있었습니다. 바로 연장이 없다는 것입니다! 염치없지만 하나 언니에게 다시 부탁했지요. 내 얼굴 색깔에 맞는 스틱 파운데이션을 좀 구해달라고요. 얼굴에 슥슥 긋고 문지르기만 하면 되는 스틱 파운데이션은 급할 때

빠르게 화장하는 데 아주 좋습니다. 그때까지만 해도
혼자서 화장품 가게에 들어가기는 영 쑥스러웠습니다.
하나 언니는 흔쾌히 내 부탁을 들어주었어요. 여러분의
친구 하나 언니는 이 시기 나의 든든한 조력자이기도
했습니다.

며칠 뒤 하나 언니가 한 세 가지 종류의 스틱
파운데이션을 사다가 내게 안겨주었는데요, 내 피부색에
맞는 것이 하나도 없었습니다. 그래도 도움받는 처지에
색깔이 너무 어둡니, 밝니 재고 따질 염치까지는 없어서,
결국 직접 화장품 가게에 다니게 되었습니다. 하나
언니가 사다 준 것보다 호수가 높은 파운데이션을 사고
아이섀도와 립스틱도 하나씩 구입해나갔지요. 한번
가보니 화장품 가게 가는 것도 하나도 어렵지 않고 오히려
재미있더군요.

그 화장품들을 내 촬영 가방에 색종이와 함께 넣어
가지고 가서는 리허설을 마친 뒤 혼자 몰래 세트 뒤로
숨어들어갔습니다. 거기 쭈그리고 앉아서 혼자서 후다닥
분장을 했지요. 첫날은 가슴이 콩닥콩닥했습니다.
내가 잘했을까? 분장실에 가지 않았다는 걸 들키지는

않을까? 그런데 모니터에 비친 내 얼굴을 보니 꽤 그럴싸하더군요. 특별히 이상하다고 지적하는 사람도 없었습니다. 꽤 자연스러웠던 모양이에요.

첫 시도부터 성공했으니 이후로도 분장실에 가지 않고 과감한 일탈을 이어나갔습니다. 그런데 어느 날 마침내 일이 터졌습니다. 분장실에서 나를 잡으러 온 겁니다. 출연자 명단을 받아서 확인하고 있는데, 김영만 선생님이 벌써 몇 주째 분장을 안 받았다는 거예요. 그 말을 들은 스태프가 내 얼굴을 흘낏 보더니 대답했습니다.

"김영만 선생님 분장하셨는데요?"

그렇게 첩보 작전은 들통이 났지만, 그 뒤로도 다행히 나는 분장을 면제받을 수 있었습니다. 나중에 들은 바에 따르면, 내가 첫 번째 성공 사례가 되자 분장실 이탈(?)을 시도하는 방송인들이 속출했다고 하네요.

분장만 한 것이 아닙니다. 나는 촬영 세트도 직접 만들었답니다. 방송에 출연한 지 얼마쯤 되었을까요? 어느 날 갑자기 촬영 세트가 영 마음에 들지 않는 거예요. 청회색으로 페인트칠한 민무늬 나무 벽에 둘러싸인 공간.

아무래도 이즈음에는 녹화가 꽤 익숙해지고 방송이 내 일이라는 애착도 생겼던 모양입니다. 사무실 책상에 장식품도 가져다놓고 예쁘게 꾸미려는 사람들이 있지요? 내가 일하는 환경이 못생기고 마음에 들지 않으면 열심히 일할 의욕도 나지 않기 때문입니다. 나 또한 그래서 하루는 커다란 색지를 사다가 그림 그리고 종이를 오려 붙여 세트를 만들었습니다. 그걸 가지고 가서 PD에게 보여주니 굉장히 좋아했습니다.

그런데 글쎄 이 사람들이 그다음부터 필요한 것이 있을 때마다 은근슬쩍 나에게 부탁하는 거예요. "하나 언니가 나오는 코너의 뒷배경을 꽃밭처럼 만들어주실 수 있을까요?" 그때나 지금이나 나는 부탁을 받으면 좀처럼 거절하지 못합니다. 더군다나 명색이 종이접기 선생님이잖아요! 못한다고 할 수는 없지요. 또 내가 누구에게든 도움이 될 수 있다면 기쁜 일이고요. 큰 종이와 원단을 사오십 장 사서 용달차에 싣고 와서 거실에 펼쳐두고는 열심히 그림을 그렸습니다. 그걸 끌차에 싣고 가서 촬영장에 세워놓으면 기존의 밋밋한 세트와는 그림 자체가 틀렸지요. 다들 좋아하는 모습을 보면 기분도 날아갈 것 같았고요.

서로 의지하고 도우며 오랜 세월을 함께해온 〈TV유치원〉 팀은 아직도 끈끈합니다. 종종 만나서 식사를 같이하고요, 여행을 떠나기도 합니다. 단톡방도 있습니다. 이삼십 년 전부터 함께했던 작가와 PD, 출연진들이 사오십 명 정도 함께하고 있어요. 일명 '예비군 단톡방'이지요. 이들과의 추억은 모두 나에게 무척이나 소중한 것입니다. 서툴렀던 김영만의 첫 방송 출연을 함께해준 이들에게 지금까지도 지극한 애정과 감사를 느낍니다.

정다운 〈TV유치원〉 식구들과 함께.
포인트는 직접 그려 새까만 눈썹

짜잔! 선생님은
미리 만들어 왔어요!

흔히들 사람의 인생에는 전성기라는 것이 있다고 합니다. 내 인생을 돌아보며 나의 전성기를 꼽자면 〈TV유치원 하나둘셋〉에서 코딱지 친구들과 십 년 가까이 종이접기를 했을 때가 아닐까 싶습니다. 참으로 감사하고 영광스러운 시간이었습니다. 웃기고 슬픈, 요즘 말로 '웃픈' 해프닝도 많았습니다.

녹화 들어가면 인사말처럼 하던 말이 있습니다.

"코딱지 친구들 안녕하세요? 어! 저 친구는 아직 안 일어났네? 얼른 일어나세요. 누워서 가위질하면 다쳐요."

"저 친구는 아직도 유치원 갈 준비를 안 했구나."

촬영 현장에는 어린이 친구들이 없고 나 혼자 카메라 앞에 서 있을 뿐이지만, 그래도 항상 여러분과 함께 있다는 마음가짐으로 임하고 싶었습니다. 마찬가지로 혼자 텔레비전 앞에 앉아 있을 여러분에게 꼭 선생님과 함께 있는 듯한 친근함을 전하고 싶기도 했고요. 그런데 종종 부작용이 발생하기도 했습니다. 어떤 친구는 내가 말하는 소리를 듣고 벌떡 일어나서 텔레비전 뒤로 가서 숨었다고 해요. 내가 자기를 보고 있는 줄 알고요.

인터넷이 발달하지 않았던 시대이니, 사람들은 텔레비전으로 정보를 얻고 궁금한 것이나 의견이 있으면 곧바로 방송국에 전화해서 문의했습니다. 그런데 하루는 이런 문의를 받았습니다.

「안녕하세요? 김영만 선생님 방송을 보고 있는데, 뱀을 만드시더라고요. 왜 다들 밥 먹을 아침 시간에 징그럽게 뱀을 만드시나요?」

기가 막혔습니다. '아니! 색도화지로 만든 뱀이 그렇게

꼬마 뱀은 억울해.

징그럽단 말이야?' 하지만 그다음부터 다시는 뱀을
만들지 않았습니다. 세상에는 뱀을 그만큼 싫어하는
사람도 있을 수 있겠구나, 했지요.

　어떤 날은 이런 항의도 받았습니다.

「김영만 선생님은 왜 색종이부터 풀, 가위, 연필,
지우개까지 전부 수입품만 쓰시나요?」

　요즘도 수입품은 귀하고 비싸지만, 당시는 더더욱
그랬습니다. 지금처럼 수입이 원활하지 않았거든요. 일제
연필 하나만 가지고 있어도 반 전체의 부러움을 사던
때입니다. 하지만 그 전화를 받고는 정말 억울했습니다.

나는 수입품을 쓰지 않았거든요. 사연은 이렇습니다.
방송에 출연한 지 두 달쯤 되었을 무렵 종이나라에서
필요한 문구를 협찬해주겠다고 제안해 왔습니다.
그전까지는 연구와 만들기에 필요한 재료를 내가 직접
준비했지요. 당시만 해도 주머니가 가벼웠던지라, 그
제안이 어찌나 고마웠는지 모릅니다. 종이나라와의
인연은 내가 방송을 처음 시작한 1988년부터 시작하여
오늘날까지 이어지고 있습니다. 그 긴 세월 나를
물심양면으로 지원하고 지지해준 덕분에 나는 연구와
만들기는 물론 봉사와 선행까지 더 많은 일을 할 수
있었습니다.

여하튼 당시 종이나라에서 한번 써보라며 아직
출시되지 않은 신제품 견본도 보내주곤 했는데, 아무래도
그걸 보고 수입품이라고 오해한 것 같았습니다. 그
시절에 신기한 제품을 많이 받았는데요, 지금도 기억나는
것 중 하나가 총처럼 생긴 테이프 디스펜서입니다.
달팽이 테이프를 집어넣고 방아쇠 같은 손잡이를
당기면 끝에서 딱 한 번 쓰기 좋은 만큼 톡톡 끊어져서
나오는 제품이었어요. 어찌나 편하고 신기하던지요.

나도 아직까지 가지고 있을 정도인데, 그걸 본 코딱지 친구들은 얼마나 갖고 싶었을까요? 아이들이 사달라고 졸라대는 통에 곤란했을 부모님 마음도 이해할 수 있었습니다. 그래서 PD님과 상의하여 다음부터는 제품에 종이를 감아 상표나 브랜드를 구분할 수 없게 했습니다.

다양하고 많은 사람이 보는 텔레비전 방송이니 모두가 행복하고 즐겁게 볼 수 있게 하고 싶었습니다. 그중에서도 특히 중요하게 생각했던 것이 주변에서 흔히 구할 수 있는 소재를 만들기 재료로 선정하는 것이었습니다. 우유를 마시고 남은 빈 갑과 빨대, 휴지를 다 쓰고 남은 마분지 심 등등…. 그런데도 재료를 구하지 못해 어려움을 겪는 코딱지들이 있었겠지요.

몇 년 전 군부대에 교육 봉사를 갔습니다. 그곳에서 만난 소령님 한 분이 아주 수줍게 내게 고백하더라고요. 자기도 옛날에 내 방송을 보고 자란 코딱지라고요. 그 말을 듣고 반가운 나머지 나도 모르게 "아이고! 너도 코딱지였구나!" 하고 말았습니다. 옆에 있던 부관이 고개를 숙이고 풋 웃더군요. 아주 무섭고 엄한 소령님의 위엄을 내가 다 흐트러뜨린 것 같아 조금 미안했습니다.

그 코딱지 소령님은 아주 외떨어진 산골에서 자랐대요. 모든 물자가 귀한 판이었으니, 색종이라는 것도 있을 리가 없었지요. 그런데도 나랑 만들기하고 놀고 싶어서 매일 저녁 신문지나 잡지를 네모나게 잘라서 미리 준비해두었대요. 물풀이나 딱풀이 없어서 깡통에 녹말로 밀가루풀을 쑤어 만들었고, 가위도 어머니가 쓰시는 무거운 재봉가위를 썼다고 했습니다.

　그런데 어떤 일을 계기로 완전히 상심해서 텔레비전을 한 달 동안이나 안 봤다는 거예요. 깜짝 놀라서 이유를 물었더니 코딱지 소령님이 말하기를, 하루는 내가 방송에서 "친구들! 내일은 재미있는 도깨비를 만들 거니까 종이컵과 색종이, 풀, 가위를 준비해서 기다리세요!"라고 말했다는 거예요. 청천벽력 같았지요. 죄다 놋그릇과 사기 사발을 쓰는 산골에 종이컵이 어디 있나요? 요즘에는 놋그릇이 아주 귀하고 비싸지만, 당시 그 동네에서는 종이컵이 딱 그런 물건이었다고 했습니다. 그래도 시장 가시는 아버지를 졸라가며 우여곡절 끝에 겨우겨우 종이컵을 구해서는 부푼 가슴으로 텔레비전 앞에 앉았대요. 그런데 웬걸! 내가 그날 도깨비가 아니라 다른 걸 만들었대요.

　당시 〈TV유치원〉 녹화는 매주 금요일에 그다음 일주일 분을 한번에 촬영하는 방식으로 진행되었습니다. 그런데 실수였는지, 편집 의도가 있었는지 PD들이 순서를 바꾸어 엉뚱한 회차를 방송한 거죠. 그날 텔레비전 앞에서 종이컵을 손에 쥐고 상심하여 엉엉 울었을 코딱지 소령님을 생각하니, 너무 애잔하고 미안하고 마음이 아파서 혼났습니다.

　또 코딱지 친구들이 농담 반 진담 반으로 항상 원망하듯 이야기하는 것이 있어요.

　「맨날 한창 따라 하다 보면 "짜잔! 선생님은 이렇게 미리 만들어 왔어요!" 하셔서 그때마다 배신감을 느꼈다.」

　이것도 우리 친구들에게 무척 미안한 부분 중 하나입니다. 당시 나에게 주어진 시간은 불과 오 분도 되지 않았습니다. 처음에는 오 분 내에 같이 완성할 수 있는 작품을 생각해 가려고 했지만, 해를 거듭하다 보니 밑바닥이 드러났습니다. 오 분 내에 할 수 있는 만들기는 전부 단순한 것들뿐이라, 만들기 시간이 단조로워진다는 한계가 있었던 것입니다. 어떻게 오 분 내에 색종이와 종이컵을 가지고 멋진 공룡을 만들어낼 수 있겠어요? 시간이 오 분을 조금만 넘어가도 피디는 가차없이 "컷! 다시 갑시다!"를 외치며 처음부터 찍자고 하였습니다.

집중력의 문제도 있었습니다. 수십 년 세월을 살아온 어른들에게 오 분은 아주 짧은 시간이지요. 하지만 아직 십 년도 채 살지 않은 어린이들에게 오 분은 아주 긴 시간입니다. 접고 만드는 단계가 다섯 번을 넘어가면 이미 대부분은 보지 않아요. 이 세상에 재미있는 것이 얼마나 많은데 지루하게 하나만 들여다보고 있겠어요? 결국 세 단계, 네 단계 안에 완성해야 했습니다. 내가 친구들을 직접 만난 자리에서 가르치는 것이라면 손뼉을 치거나 노래를 부르고 춤을 추는 등 어떤 방법을 써서라도 집중할 수 있도록 이끌었겠지만, 브라운관 너머에서 만나는 것이다 보니 아무래도 어려웠지요. 미리 만들어 오는 것은 결국 고심 끝에 내놓은 궁여지책이었습니다.

모든 친구의 마음을 살피려 노력했는데 그러지 못한

것 같아 미안해요. 어른들 하는 일이라는 것이 항상 다 그 모양이에요. 그저 이제 우리 친구들도 어른이 되었으니 이해해달라고 부탁할 뿐입니다. 그래도 여러분 곁에 머물렀던 어른들이 여러분을 최선을 다해 사랑하려 노력했다는 것을 믿어주기를 바라면서요.

미안해요. 코딱지 소령님.

결국 안녕,
해야 할 때가 오지만

1988년 10월부터 시작하여
〈TV유치원 하나둘셋〉에만 꼬박 구 년을 출연했습니다.
그 시간 동안 프로그램은 개편을 수차례 겪었고,
그때마다 작가나 PD들이 교체되거나 출연진들이
하차하며 하나 언니의 얼굴이 바뀌곤 했습니다. 하지만
나만은 계속 남았으니, 거의 강산이 한 번 바뀔 때까지
〈TV유치원〉의 모든 역사를 목격한 산증인이라고 할 수도
있겠습니다.
　그 긴 시간 동안 한 번도 어기지 않고 지키려 했던

원칙이 있습니다. 처음 방송 일을 진지하게 시작해보기로 마음먹었을 때 스스로와 약속한 것이기도 했지요. 바로 '내가 방송을 한 달을 할지, 일 년을 할지, 얼마나 할지는 모르겠지만 절대 어린이들 앞에서 똑같은 종이접기는 선보이지 않겠다'는 것이었습니다. '재탕'할 바엔 차라리 방송을 그만두겠다고, 굳센 결의를 다졌지요. 그리고 자신과의 싸움이 시작되었습니다. 매주 녹화가 끝나면 후련하기는커녕 곧바로 걱정부터 들었습니다.

　'다음 주에는 또 뭘 만들지?'

　촬영이 있는 금요일 외에는 외출도 안 하고, 만나자는 사람들도 뿌리치며 집에 틀어박혔습니다. 예를 들자면 이런 경우가 가장 괴로웠어요. 당장 내일 아이템 다섯 개를 가지고 가서 녹화해야 하는데, 하루 종일 일주일 내내 매달려도 딱 네 개만 생각나고 하나가 떠오르지 않는 거예요. 정말 미칠 노릇이었지요. 촬영장에 가서도 내 녹화가 끝날 때까지는 사람들과 어울리지도 않고 무대 뒤에 틀어박혀서 그날의 만들기를 치열하게 연습했습니다. 회식이요? 당연히 전혀 참여하지 못했죠.

　머리 터지게 연구해서 새로운 만들기 대여섯 가지를

개발해내도 일주일을 겨우 버틸 뿐인 생활. 그대로 구
년간 이어가니 우울증이 왔습니다. 정신의학과 약을 이삼
년가량 복용하며 고생을 했지요. 그래도 내가 다 늙은
지금까지 자랑으로 꼽는 것은 방송하는 동안 내 개인적인
사정으로 결방한 적이 한 번도 없다는 것입니다. 물론
온전히 내 공이라고 생각하지는 않습니다. 내가 그 모든
시간을 견뎌낼 수 있었던 것은 항상 나를 지켜봐주고
응원해준 코딱지 친구들 덕분이지요.

언젠가 특집방송 때문에 〈TV유치원〉이 한동안
결방되었던 기간이 있습니다. 그때 어린이로부터 이런
편지를 받았어요.

「아침마다 아저씨 보려고 하는데 왜 안 나오세요? 안
보여요. 어디 있어요? 보고 싶어요.」

내용보다도 글자 하나하나에 묻어 있는 마음을 도저히
떠나 보낼 수가 없어서, 나는 그 꼬깃꼬깃한 종이에 침
바른 연필로 쓴 편지를 아직까지 가지고 있습니다. 나는
어린이들이 내게 보내준 소중한 마음들에 대하여 내가

줄 수 있는 최고로 좋은 것으로 보답하고 싶었습니다.
하지만 밖에서 보기에는 내 얼굴이 영 못 쓰게 되어가는
것 같았나 봐요. 하루는 담당 PD가 보다 못해 말하더군요.

"선생님, 그냥 좀 쉬시고 일 년 전에 했던 거 한 번 더
하세요. 애들 몰라요."

흔히 어른들은 '멋모르는 아이들'이라 칭하며 많은
문제를 대충 퉁치려고 하는데요, 아이들이 모르긴 뭘
모르나요? 다 알고 기억한답니다. 특히 자기 관심사에
대한 것이라면 삼사 년 전 일이라도 쭉 꿰고 있지요.
한번 생각해보세요. 아이나 어른이나 하루는 똑같이
스물네 시간인데, 어른들의 세계에는 훨씬 더 많은
것이 자리하고 있습니다. 부모님과 배우자, 자녀, 친구,
직장 동료 등 복잡한 인간관계와 가정, 회사, 학교 등
다양한 소속 집단, 그 안에서 처리해야 할 수많은 문제.
정신없이 살다 보면 하루가 금방 다 가버리죠. 반면
어린이들의 세계는 다릅니다. 나는 매일 아침 오 분씩
텔레비전 앞에서 나를 만나는 시간이 어린이들의 세계에
얼마나 큰 비중을 차지하는지 잘 알고 있었습니다.
어른에게는 '바쁘니까 이번 한 번만'이지만, 아이들이

체감하는 의미는 사뭇 다릅니다. 아이들이 얼마나 눈치가
빠른데요. 이 사람이 자기를 좋아하는지, 안 좋아하는지
정확하게 파악해냅니다. 그래서 나는 항상 최대한의
진심을 전하고 싶었고, 그러기 위해 노력했습니다.

하지만 끝은 생각보다 갑작스럽게 찾아왔습니다.
어느 날 담당 PD 두 명이 나에게 점심 식사를 같이하자고
했습니다. 만나 이야기를 들어보니 상부에서 프로그램
전면 개편을 지시했다는 것이었습니다. 방송명
'TV유치원'까지 다 바꾸라고 할 만큼 전폭적인 변화를
요구했으니, 당연히 출연진 역시 전체 물갈이가
예상되었습니다.

PD들은 말했습니다.

"그래도 우리가 김영만 선생님은 반드시 계셔야 한다고
얘기하고 있어요."

그 말을 듣자 눈앞에 상황이 훤히 그려졌습니다.
위에서는 자르라 하는데, 실무자들이 몸으로 막으며
버티고 있었겠지요. 일본의 어린이 프로그램이나
미국 〈세서미 스트리트〉에는 나보다 나이가 많고

수염까지 난 할아버지가 출연하고 있었지만, 아무래도 우리나라에서는 내가 어린이 프로그램에 출연하기에는 너무 나이가 많다 여겨지기도 했을 것입니다.

여러 사람에게 누를 끼치지 않고 스스로 결단해야겠다고 생각했습니다. 마침 구 년간 쉬지 않고 달려오며 몸도 마음도 많이 지쳐 있던 차였으니까요. PD들에게 말했습니다.

"그럼 나 딱 한 달만 좀 쉽시다."

여기도 아프고, 저기도 아프다 하소연을 했더니 PD들은 마지못해 말했습니다.

"선생님, 딱 한 달입니다. 한 달 뒤에는 돌아오셔야 해요."

말은 잠시 쉬어가겠다고 했지만, 속으로는 끝을 각오하고 있었습니다. 그만하겠다는 생각이었지요. 방송계가 얼마나 칼 같고 빠르게 변화하는지 알고 있었기 때문입니다. 한 달 뒤에는 아마 강산이 바뀌어 있을 것이고, 김영만은 이미 '옛날 사람'이 되어 다시 방송에 나갈 수 없게 될 것입니다.

'그렇다면 나는 뭘 해야 하나? 다시 예전처럼 학원과

학교를 돌아다니며 아이들을 가르치면 되겠다.'

혼자서 생각하고 있었지요.

그런데 그로부터 딱 보름 만에 〈TV유치원
하나둘셋〉에서 함께했던 PD로부터 연락이 왔습니다.
본인이 새로운 어린이 프로그램을 준비하게 되었으니
도와달라고요. 결국 한 달도 쉬지 못하고 따라나서게
되었지요. 그렇게 KBS 2TV 〈혼자서도 잘해요〉에 첫
방송부터 종영까지 칠 년가량 출연했습니다. KBS에서만
햇수로 십육 년을 방송했네요. 이외에도 대교방송에서
〈김영만의 미술나라〉를 십 년 가까이 진행했고요.

요즘은 어린이 프로그램이 주목받지 못하고 영
맥을 못 추는 것 같아 걱정이 큽니다. 폐지되는 줄 알고
심장이 철렁했는데, 다시 방영되는 것을 보고 가슴을
쓸어내릴 때도 있었습니다. 하지만 정말 이러다가
어린이 프로그램이 소리 소문도 없이 사라져버리는 건
아닐까 염려돼요. 아이들은 춤추고 노래하며 자라야
한다고 생각하는 것은 내가 옛날 사람이기 때문일까요?
어린이들의 놀이문화가 점점 빈약해지는 이런 때에
방송사, 특히 공영방송의 역할과 책임이 막중하다고

생각합니다. 물론 제작비와 광고 수익을 무시하지 못한다지만, 좋은 어린이 방송을 보고 자란 아이들이 만들어갈 멋진 미래의 가치에 비견할 수는 없을 것입니다. 장기적인 관점에서 보아야 할 일이고 국가적 차원의 관심이 필요하다고 생각합니다.

영원할 것 같던 〈TV유치원〉 출연을 마무리하며 결국 모든 일에는 끝이 있다는 것을 배웠습니다. 하지만 생이 계속되는 한 그 끝은 결국 다시 또 어딘가로 이어지기 마련이더군요. 그러니 우리 코딱지 친구들에게 말해주고 싶어요. 지금 주어진 상황에 일희일비하지 말고, 하고자 하는 것을 뚝심 있게 밀고 나가라고요.

끝은 언제나 새로운 시작이에요.

내 친구 도깨비는
표정이 익살맞아요

준비물

- 길쭉한 색도화지(길쭉한 종이가 없다면
  색도화지를 반 접어 가위로 잘라도 돼요.
  좋아하는 색으로 준비해주세요!)
- 풀
- 칼 또는 가위
- 색연필/사인펜
- 색종이

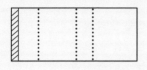

① 색도화지를 그림과
   같이 접어요.

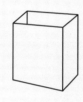

② 빗금 친 부분을 풀칠해
   붙여 네모난 상자
   모양으로 만들어요.

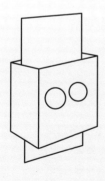

③ 동그라미 두 개를 오려내어
   도깨비의 눈을 만들어요. (상자를
   한쪽으로 납작하게 누른 뒤
   안쪽에 두꺼운 종이를 대면 훨씬
   편하게 자를 수 있어요.)

④ 색종이를 오려 붙이고
   색연필/사인펜으로
   그림을 그려서 도깨비의
   뿔과 머리카락, 코, 입을
   만들어주세요!

⑤ 이제 도깨비 눈을
   그려줄까요? 상자를
   왼쪽으로 납작하게
   누르고 동그랗게 오려낸
   안쪽에 웃는 눈을
   그려주세요.

⑥ 자, 이번엔 오른쪽으로
   납작하게 누르고~ 우는
   눈을 그려주세요. 그럼
   이제 완성이에요!

이렇게 가지고 놀면 재미있어요!

상자를 왼쪽 오른쪽으로
납작하게 눌러가며 보면,
도깨비가 웃다가 울다가
해요. 아무래도 도깨비
친구는 엉덩이에 털이 많이
날 것 같아요!

종이접기로 만난 세계

맨홀 속 아이들:
몽골 봉사활동

내가 좋아하는 성경의 이야기가
있습니다. 어떤 사람이 어느 날 일이 생겨 오래 집을
비우게 되었습니다. 그래서 평소 신뢰하던 하인들에게
자기 재산을 맡기며 대신 관리해달라고 부탁했습니다.
첫 번째 하인에게는 다섯 달란트를, 두 번째 하인에게는
두 달란트를, 그리고 마지막 세 번째 하인에게는
한 달란트를 맡겼지요. 그로부터 얼마나 시간이
흘렀을까요? 마침내 집에 다시 돌아온 주인이 하인들을
불러 묻습니다.

"그래, 내가 맡긴 달란트들은 잘 관리하고 있었니?"

다섯 달란트와 두 달란트 받은 하인들은 자랑스럽게 대답합니다. 열심히 일하여 다섯 달란트를 열 달란트로, 두 달란트를 네 달란트로 불렸다고요. 주인은 무척 기뻐하며 수고한 하인들에게 큰 상을 내립니다. 그리고 한 달란트 맡겼던 하인에게도 물었습니다.

"너는 그간 잘 지냈니? 내가 맡긴 한 달란트를 어떻게 했느냐?"

한 달란트 받은 하인이 쭈뼛거리며 주인에게 나아와 말합니다.

"저는 제가 받은 한 달란트를 땅에 파묻어뒀습니다. 잃어버리기라도 하면 큰일이니까요. 이제 주인님이 돌아오셨으니 그것을 다시 파내어 가져왔습니다. 여기 있습니다. 제게 맡기셨던 한 달란트를 그대로 돌려드립니다."

이 하인은 아마 나름대로 자신에게 한 달란트밖에 맡기지 않은 주인에게 야속한 마음도 가지고 있었던 것 같습니다. 그러나 그 말을 들은 주인은 몹시 화가 나서 그를 책망하고는 멀리 쫓아 보냅니다.

이 이야기는 여러 상황에서 자주 인용됩니다. 달란트는 각 사람이 받은 재능을 비유한다고 해석되지요. 나는 이 이야기를 들을 때면 가만히 생각합니다. 나는 어떤 달란트를 받았는가? 그 달란트를 잘 사용하고 있는가?

누군가의 눈에 색종이는 대수롭지 않은 물건으로 보일 수 있습니다. 색종이로 무엇이든 만들어낼 수 있다 해도 그리 대단치 않은 능력이라 여길지도 모르지요. 그러나 나는 이 색종이를 가지고 평생을 살아왔습니다. 어려운 시기에 색종이를 만나 곤궁한 처지에서 빠져나올 수 있었고, 가족들을 건사했습니다. 무엇보다 이 색종이를 통해 수많은 이로부터 과분한 사랑을 받았지요. 그러니 색종이 접는 기술은 분명 나의 달란트라 할 것입니다. 그리고 이 달란트를 잘 사용할 수 있는 방법이란, 더 많은 사람이 색종이를 통해 즐거워하고 꿈과 희망을 찾을 수 있도록 널리 전하는 일일 겁니다.

벌써 삼십 년 전이네요. 다니던 교회에서 몽골로 선교 봉사를 떠난다기에 함께한 적이 있습니다. 93년도 무렵, 소련이 와해된 직후에 수많은 개신교 선교사가 몽골로 들어갔습니다. 당시 우리 교회 목사님께서 몽골에 계신 선교사님을 찾아 위로하고 격려해드리고, 그곳 아이들에게도 종이접기를 알려주면 좋겠다고 함께 가자고 강권하셨지요.

목사님 부탁을 거절할 수가 없어서 하루 날을 잡고 색종이와 풀, 가위 등 만들기 재료를 잔뜩 샀습니다. 어찌나 무겁던지요. 수하물 요금을 무척 많이 내야 했지만, 마음만은 뿌듯했습니다. 그런데 울란바토르 공항에서 난관을 만났습니다. 자세부터 각이 딱 잡혀 몹시 엄격해 보이는 세관 직원들이 수하물 상자들을 가리키며 우리 앞을 막아선 것입니다. 마음이 철렁했습니다.

'이렇게 많이 가져가니 아마 우리가 허가받지 않고 장사를 하려는 줄 아나 보다. 만약 이걸 전부 다 압수당하면 어떡하나?'

세관 직원들이 우리가 가지고 온 상자들을 턱짓하며 모두 열어보라는 시늉을 하기에, 별수 없이 그 자리에서 상자를 다 뜯었습니다. 그런데 수많은 물건 중에서 세관원 눈에 들어온 품목이 하나 있었습니다. 바로

고체로 된 종이나라 나라풀이었습니다. 고체풀은
단단하고 그저 붙이고자 하는 부분에 쓱쓱 칠해 바르면
되기 때문에 양을 조절하기도 쉬워 물풀보다 아이들이
쓰기에 더 좋습니다. 크기도 큰 것부터 중간 것, 작은
것까지 다양하게 나오는데, 나는 아이들이 편히 쥐고
쓸 수 있도록 작은 것을 샀습니다. 그런데 세관원들이
딱풀을 들고 서로 마주 보며 무어라 이야기를 나누더니
뚜껑을 열고 입술에 쓱 바르는 것이 아니겠어요?
아무래도 입술에 바르는 밤인 줄 알았던 모양입니다.

   '아이고 저건 립밤이 아니라 풀인데…. 저걸 어떻게
설명해야 하나?'

   혼자 속을 태우고 있는데, 날 보며 하나 가져도 되겠냐
물었습니다. 일단 그러라고 고개를 끄덕거리고는,
우리를 마중 나온 선교사님에게 상황을 좀 설명해달라고
부탁했죠. 오해는 풀렸지만, 졸지에 입에 풀을 바르게
되어 기분이 몹시 언짢아진 세관원이 차갑게 물었습니다.

   "그런데 이걸 왜 이렇게 많이 가지고 들어갑니까?
장사를 하려는 겁니까?"

   우리는 손사래를 쳤습니다.

"아닙니다. 몽골 아이들을 위한 교회에서 종이접기를 가르칠 겁니다. 그리고 모두 아이들에게 나눠줄 겁니다. 거저 줄 겁니다."

그렇게 겨우 세관을 통과했지요. 가슴을 쓸어내리며 공항을 나왔을 때, 우리를 맞아준 것은 어마무시한 추위였습니다. 당시는 10월로 우리나라로 치면 단풍 구경 다니기 딱 좋은 가을이지만, 몽골은 아주 매서운 겨울 날씨였습니다. 몽골의 추위는 굉장히 혹독하다는 경고를 한국에서부터 받았기에 두꺼운 점퍼와 겨울옷들을 챙겨 갔는데도, 그것들을 몇 겹씩 껴입고서도 바깥에 나갈 엄두가 안 나는 정도였지요. 옷깃을 꽁꽁 여미며 하늘을 올려다보았습니다. 울란바토르 외곽에서 바라본 시내 쪽 하늘은 시커먼 구름으로 덮여 있었습니다. 석탄 난방을 하던 때라 석탄 태우는 연기가 새까맣게 올라간 것입니다.

이후 시내로 들어가 울란바토르 광장을 지나던 중 기이한 것을 보았습니다. 맨홀 속에서 연기가 나는 것이었습니다. 우리는 불이라도 난 줄 알고, 위험한 상황이 아니냐 호들갑을 떨었습니다. 그런데 선교사님은

대수롭지 않게 말씀하셨습니다. 저 안에 사람이
있다고요. 지금은 어떤지 모르겠으나, 당시 울란바토르는
중앙난방 방식을 채택하여 한 곳에서 석탄을 때서 물을
데우고 온수를 집집마다 보내어 그 열기로 난방하게끔
하고 있었습니다. 우리가 보고 있던 맨홀 아래로
중앙난방의 온수관이 지나가서 저 밑에 들어가면 굉장히
따뜻하다 하였습니다.

　자세히 보니 정말 맨홀이 조금 열려 있었습니다. 슬쩍
들여다보니 정말 아이들이 그 아래 앉아서 간식을 먹고
이야기하며 놀고 있었습니다. 추위를 피해 따뜻한 곳을
찾아간 것이지요. 여름에는 아이들이 근처 강에도 가고
바깥에서 뛰어노는데, 겨울에는 아이들이 잘 보이지
않는다고 했습니다.

　그날은 선교사님 댁에서 자고 다음 날 교회로
향했습니다. 멋들어진 건물까지는 아니어도 독채를
하나 가지고서 사역하고 계실 줄 알았는데, 가서 보니
남의 상가 한 칸을 빌려서 교회를 운영하고 있었습니다.
의자도 없어 모두 땅바닥에 앉아 예배를 드렸습니다.
그리고 미리 모여 있던 아이들 중 태반은 여름옷을 입고

있었습니다. 물이 귀한 곳이라 자주 씻을 수도 없어 아이들이 다 시꺼맸습니다. 들어보니 몽골은 겨울이 혹독하여 처음 집을 지을 때부터 벽을 아주 두껍게 만든다고 했습니다. 그래서 집 안에 있으면 여름옷을 입고도 따뜻하다고 하네요. 아예 겨울에는 집에 틀어박혀 바깥에 나오지 않는 경우도 허다한데, 오늘만은 이 많은 아이가 교회에서 재미난 놀이를 한다는 소식을 듣고 다들 몰려나온 것이지요.

초롱초롱 눈을 빛내며 나를 쳐다보고 있는 아이들을 보니 가슴이 벅차 왔습니다. 같이 종이접기를 하면 얼마나 즐거워할까요? 얼른 색종이와 풀을 꺼내 아이들에게 나눠주었습니다. 그런데 막상 종이접기를 시작하니, 반만 나를 따라 하고 나머지 반은 멀뚱히 구경만 하는 거예요. 아예 색종이 비닐 포장도 뜯지 않고서요. 혹시 아이들이 따라 하기에는 너무 어려웠을까요? 선교사님께 이유를 물으니 색종이가 아까워서 그런다고 하였습니다. 집에 가져가서 엄마 아빠에게 자랑하고 형제자매들에게도 나눠주고 싶은데, 여기서 써버리면 그러지 못하니 따라 하고 싶어도 참는 것이라 했지요. 그 말을 듣고 아이들에게 집에 가기 전에 하나씩 더 줄 테니 안심하고 놀아라 말했더니, 그제야 모두가 따라 하기 시작했습니다.

종이문화재단 주최로 동남아시아에 종이접기 교육 봉사활동을 갔을 때도 이와 비슷한 일을 몇 번 경험하였습니다. 내가 만난 아이들은 크레파스를 줘도 손에 쥐는 법조차 몰랐습니다. 종이에 대고 그으면 색이 칠해진다는 사실을 상상하지 못하여 그저 멀뚱멀뚱 앉아 있었지요.

난생처음 만져보는 알록달록한 색종이에 환해지는 아이들 얼굴을 바라보니 괜히 주책맞게 눈시울이 뜨거워졌습니다. 아이들의 눈망울에는 이 세상 그 아무리 혹독한 겨울이라 해도 결코 빼앗아가지 못하는 희망이 들어 있지요. 종이접기는 그 아이들이 아직 보지 못한 세계의 아주 작은 일부분에 지나지 않았습니다. 하지만 그래도 그 한 단면을 보여줄 수 있다는 사실에 감사했습니다.

만들기 시간을 다 마친 뒤, 아이들은 나와 함께 만든 바람총을 딱딱거리며 재미있게 놀았습니다. 나로서는 그저 즐겁게 노는 모습만 봐도 뿌듯한데, 마음씨 착한 아이들은 내게 다가와서 감사 인사 전하는 것을 잊지 않았습니다. 어디서 배웠는지 우리말로 "고맙습니다." 하고요. 그 말밖에 배우지 못했는지 눈이 마주칠 때마다 그저 고맙습니다, 고맙습니다, 하였습니다. 그러니 다른 수 있나요? 가서 또 안아줘야지요. 비행기 타고 조금만 내 나라를 벗어나도 말이 전혀 통하지 않지만, 어디서든 가슴과 가슴을 맞대면 통하는 마음이 있다고 나는 믿습니다.

종종 세계에서도 손에 꼽힐 정도로 아주 큰 재능을 가진 사람들을 보게 됩니다. 지난 코로나19 팬데믹 시기에 백신을 개발한 이들은 전 세계 수많은 생명을 살렸습니다. 또 누군가는 혁신적인 과학기술을 발달하여 많은 이의 삶을 더 풍요롭고 편안하게 합니다. 예술적인 재능으로 세계의 찬사를 받는 이들도 있지요. 전 피겨 선수 김연아 씨나 뮤지션 방탄소년단을 생각해보세요! 대한민국의 위상을 얼마나 드높였나요? 앞서 달란트 이야기에 빗대어 생각해보면, 이런 사람들은 분명 다섯 달란트, 아니 오십 달란트, 오백 달란트를 받은 사람들일 겁니다.

이들을 선망하다가 문득 나 자신을 돌아보면 너무나 초라하고 작아 보일 때가 있습니다. 마치 남들이 다섯 달란트씩 받을 때 한 달란트밖에 받지 못한 셋째 하인처럼요. 하지만 여러분 금 한 달란트도 얼마나 큰돈인지 아시나요? 한 달란트는 무려 34킬로그램이 넘는대요! 우리 돈으로 계산해보면 금 한 달란트는 이십억 원 이상의 가치를 가진 셈이지요. 종종 아주 뛰어난 사람이 있어 펄펄 날며 큰 활약을 펼치지만, 결국 우리 모두가 각자 나름의 방식으로 세상과 타인을 위해 헌신하고 있어요. 그러니 내가 가지지 못한 것을 불만스러워하거나 시기할 필요 없이 내가 지금 가지고 있는 것을 충실히 사용하면 돼요. 나로 인해 풍성해질 세상을 기대하면서요.

나 또한 세상에 더 많은 것을 주고 나누는 사람이 되고 싶습니다. 학창 시절은 물론 어른이 되어서도 어려운 고비를 여러 번 넘겼기 때문인 것 같아요. 힘든 상황에 놓여 있는 사람들을 보면 그저 남의 일이라 여겨지지가

않습니다. 그래서 〈TV유치원〉에 출연하던 시절부터
조용히 보육원 봉사활동을 다녔습니다. 온 세상의 어려운
사람을 구제할 만큼 내가 가진 것이 많지는 않지만,
시간을 내고 내가 가진 지식을 전하는 일만큼은 할 수
있으니까요. 날 밝을 때 차에 색종이를 가득 채워 가지고
떠났다가 싹 비워서 돌아올 때면 붕붕 뜨다 못해 날아갈
것 같던 마음을 말로 표현할 수 없습니다.

　이삼 년 전쯤에는 뜻이 맞는 종이접기 선생님들끼리
모여 작당모의(?)를 했습니다. 전국 도서 산간 지역에
있는 분교를 찾아가서 아이들을 만나자고요. 열심히
계획을 짜고 학교에 전화를 돌렸는데 기대와는 달리
반응이 좋지 않았어요. 봉사하는 척 찾아와서 마지막에는
은근슬쩍 물건을 파는 사람들이 있다고 했습니다. 몹시
당황스러웠습니다. 순수하게 누군가를 돕고 싶은 마음이
오해 없이 그대로 전해지도록 이런 일들이 일어나지
않았으면 좋겠어요.

　젊어서 한창 일할 때는 불러주고 초청해주는 곳
다니기 바빠 누군가를 열성적으로 도울 생각을 하지는
못했습니다. 하지만 이제는 내가 직접 능동적으로

필요한 곳을 찾아다니며 돕고 싶어요. 손에 힘이 다 빠져 더 이상 종이접기를 할 수 없을 때까지요. 나는 영원히 '코딱지들의 종이접기 아저씨'로 남고 싶습니다. 그러니 혹시 사랑스러운 어린이 친구들과 함께하는 도서 지역 분교 선생님들이 계시다면 연락 주세요! 가고 싶어도 갈 수 없는 북녘땅을 빼고는 다 갈 수 있습니다!

조선학교에 가다

　　　　　　　오랜 세월 종이접기와 조형을
교육하다 보니 소속된 조직과 단체가 많아졌습니다.
그중 하나가 종이문화재단입니다. 말 그대로 우리 종이
문화의 우수성을 알리기 위해 세워진 비영리단체이지요.
종이접기와 종이 조형, 만들기 교육에도 힘쓰며 널리
보급하고자 노력하고 있습니다. 미국, 캐나다, 러시아,
몽골, 독일, 동남아시아 등 아직 종이접기가 대중적으로
보급되지 않은 나라에 찾아가 재능 기부 봉사활동을
하기도 합니다.

아이들을 직접 대하기도 하지만 선생님들에게
종이접기를 가르치기도 해요. 선생님들을 가르치면
그 선생님들이 교실로 돌아가 아이들을 가르칠
테니까요. 수공예가 발달한 나라에 가면 색종이를
처음 접해보는 사람들도 놀라울 정도로 금방 따라
하고 빠르게 배웁니다. 가르치는 사람도 보람이
크고, 배우는 사람도 정말 좋아합니다. 몽골에서는
방송국에서 취재를 나오기도 했습니다. 프로그램을 다
마치고 돌아갈 때가 되면 우리 손을 잡고 다음 해에도
꼭 와달라고 부탁하는데요, 그럼 어쩔 수 없습니다.
내년에 아무리 바빠도 열 일 다 제쳐놓고 가야지요.
종이문화재단은 사명감을 가진 사람들이 모여 운영하는
비영리단체이기에 수익은 거의 없습니다. 봉사자
선생님들은 전부 자비로 비행기표를 끊고 숙소를
잡습니다. 그렇게 찾아가서 줄 수 있는 것은 모두 주고,
땀과 눈물까지 남기고 옵니다. 그렇게 수년간 인연을
맺어오는 곳들이 있습니다.

앞에서 북녘땅 빼고 불러주시는 곳은 다 갈 수
있다고 했는데요, 정말로 북한에는 가보지 못했지만

북한에서 운영하는 학교에는 가본 적이 있습니다. 2000년대 중후반쯤에 일본 조선학교에 초빙받아 강의를 했었지요. 그에 앞서 동경국제학교에서 강의했던 일이 계기가 되었습니다. 일본에서 열린 종이접기 세미나에 참여했다가 동경국제학교에 초청되어 그곳 학생들과 즐겁게 종이접기를 하고 왔는데, 그 일이 소문이 났던 모양입니다. 어느 날 메일함을 열어보니 이런 메일이 한 통 도착해 있었습니다.

「동경국제학교에서 종이접기를 강의하셨다는 소식을 들었습니다. 혹시 우리 조선학교에도 오셔서 강의해주실 수 있겠습니까?」

나는 바로 답신을 보냈습니다.

「그럼요. 가겠습니다.」

원래도 와달라는 곳이 있으면 웬만해서는 마다하지 않는데, 내 평생소원이 평양에 가서 종이접기 한번

해보는 것이었거든요. 함께 갈 선생님들을 찾으니,
금방 여러 사람이 모였습니다. 아마 다들 나와 비슷한
마음이었으리라 생각합니다.

　도쿄 공항에 도착한 뒤 버스를 타고 조선학교까지
이동했습니다. 두 시간 거리쯤 달렸을까요? 마침내 저
멀리서 학교의 모습이 나타났습니다. 점점 가까워져 오니
한 자씩 써서 교문 앞에 이어 붙여놓은 플래카드의 글씨도
알아볼 수 있었습니다.

　'한국에서 오신 종이접기 선생님들을 열렬히
환영합니다.'

　그 글을 읽었을 때의 심정이란, 정말 말로 표현
못합니다. 그런데 버스가 학교 안으로 들어서고 우리가
교정에 내리자마자 분위기가 싹 바뀌었습니다. 감동으로
훈훈했던 가슴도 순식간에 차게 얼어붙었지요. 학교의
규율을 담당하는 선생님은 우리를 보자마자 인사도 하는
둥 마는 둥하더니 주의사항을 잔뜩 늘어놓았습니다.

　"학생들과 함부로 이야기하지 마십시오. 특히 절대로
학교와 학생들 사진을 찍어서는 안 됩니다."

그 서슬이 어찌나 퍼렇던지 우리는 잔뜩 긴장하고
말았습니다. 또 강당에 들어가 학생들 앞에 섰을 때의
첫인상은 학교라기보다는 꼭 군대 같다는 것이었습니다.
하얀 상의에 까만 하의 인민복을 다 같이 쫙 맞춰 입고서
단 한 사람도 웃지를 않았습니다. 한국에서 강의하기
전에 긴장을 풀고 즐거운 분위기를 조성하기 위해 꺼내는
농담이나 우스갯소리는 당연히 전혀 통하지 않았고요.
내가 자기소개를 하며 "나는 종이접기로 밥 먹고 삽니다."
말하니 그제야 겨우 몇 사람이 피식 웃는 정도였습니다.
등줄기에 식은땀이 배어나기 시작했습니다. '이래서야
강의를 할 수 있을까?' 싶었지요.

하지만 삼십 분쯤 지나자 분위기는 완전히
반전되었습니다. 던지는 것, 날리는 것, 터지는 것,
움직이는 것, 춤추는 것 등등… 종이로 온갖 것을 만들다
보니 곳곳에서 "야, 이것 봐라. 참 신기하다." "나는 잘 안
되는데 어떻게 해야 하는 거니?" 소리가 들려 왔습니다.
특히 내 주특기인 바람총의 인기가 최고였습니다. 잔뜩
굳어 있던 분위기가 풀어지는 것은 아주 금방이었습니다.
그 모습을 보며 생각했습니다. 사상은 어른의 것이지,

아이들의 것이 아니라고요.

조선학교 선생님들도 굉장히 재미있었던 모양입니다.
정해진 강의 시간을 훌쩍 넘겼는데도 "조금만 더
해주시면 안 되겠습니까?" "하나만 더 알려주세요."
부탁해 왔습니다. 마치 콘서트 마지막에 앵콜을 외치는
관객들처럼요! 처음에 다소 고압적이라 여겨질 만큼
딱딱한 태도로 으름장을 놓던 총무 선생님도 나중에는
만면에 미소를 짓고 우리를 상냥하게 대해주었습니다.

강의를 마친 뒤에는 교내 식당으로 가 조선학교의
선생님과 학생들이 평소 먹는 음식으로 함께
식사했습니다. 그곳의 된장국과 반찬들은 한국에서
먹던 것과 어딘가 조금 다르지만, 분명 우리 것임이
틀림없는 음식들이었습니다. 함께 밥을 먹는 일은 사람과
사람 사이의 관계에 엄청난 영향력을 발휘합니다.
식구(食口)라는 말이 괜히 있는 것이 아니지요. 잘
모르는 사람도 함께 식사하고 나면 그 심리적 거리가
한결 가까워집니다. 짧은 시간이었지만, 조선학교의
학부모들과도 이런저런 사는 이야기를 나눌 수
있었습니다. 아이들은 일본말을 아주 유창하게 잘했지만,

그 부모들은 일본말을 잘하지 못하는 경우도 많았고 대체로 함경도나 평안도 말씨를 썼습니다. 조선학교에 동행한 선생님 중에는 부모님과 일가친척을 이북에 남겨두고 온 이들도 있었습니다. 그런 분들은 고향 이야기를 하다가 부모님과 동향인 사람이라도 만나면 밥을 먹다 말고 부둥켜안고 엉엉 울었습니다.

타고 들어갔던 버스에 다시 올라 조선학교의 교문을 나서면서 숨을 여러 번 크게 내쉬었습니다. 먼저는 큰 사고 없이 강의를 무사히 마쳤다는 안도에서 나오는 한숨, 그리고 다음은 알 수 없이 먹먹한 마음을 주체할 수 없어 토해내는 한숨이었습니다.

한국에 돌아온 뒤에도 우리는 한참 동안 조선학교에서 느꼈던 감동과 여운에 사로잡혀 있었습니다. 사람 마음이라는 게 도대체 무엇인지, 얼마나 보았다고 그새 정이 들어버렸는지 모를 일이었습니다. 그리운 얼굴들이 눈앞에 아른거리고 보고 싶은데, 추억할 수단이 남아 있지 않아 아쉬웠습니다. 사진 한 장도 남기지 못했지요. 우리는 그곳에서 사진 촬영이 금지되었으니까요. 그런데 때마침 고맙고 반가운 메일을 받았습니다. 그날 우리가 종이접기 수업을 하는 동안 내내 대포 같은 카메라를 들고 사진을 찍어대던 사람이 있었습니다. 우리가 탄 버스가 처음 학교에 들어오고 선생님들이 운동장에 내리던 그 순간부터 하여 처음부터 끝까지요. 처음엔 기자인가, 하였는데 나중에 알고 보니 학부모였습니다. 수업 자료 사진을 남기려 했던 모양입니다. 그분이 외부로 공개할 수 있는 사진들을 간추려 메일로 보내준 것입니다. 그 사진을 받고 또 눈물을 펑펑 흘렸습니다.

내가 언젠가 평양에서 종이접기를 할 수 있을까요? 통일될 때까지는 살아야지요. 꼭 그곳의 아이들에게도 종이접기를 가르쳐주고 싶습니다.

〈사진기 만들기〉
우유곽 2개로
그럼과 같이
만든후
실을 당겨본다.

조선학교에서 만난 사람들

'마리텔'이 뭐예요?

나이가 들며 마지막으로 고정 출연하던 어린이 방송 프로그램에서도 결국 하차하게 되었습니다. 그런데 그 뒤 꽤 오랜 시간이 지난 뒤에도 길을 가다가 나를 알아보고 인사를 건네오는 코딱지들을 종종 만났습니다. 이렇게 나이를 많이 먹었는데 어떻게 나를 알아보고 말을 거는지, 참 신통하다 싶습니다. 나를 보고는 무척 반가워하며 안부를 묻습니다.

"선생님 그동안 어떻게 지내셨어요?"

그도 그럴 것이 우리가 오랫동안 만나지 못했잖아요.

여러분은 내가 어디로 갔는 줄 알지만, 아마 그보다는 여러분이 자라서 더 이상 내 방송을 보지 않게 된 까닭일 거라고 생각해요. 그래서 나는 유쾌하게 대답하곤 합니다.

"나는 언제나 여기서 내 할 일 열심히 하고 있었지요!"

사람들 눈에 보이지 않는 곳에서도 삶은 이어지니까요. 종이접기를 계속 열심히 연구하고, 전국 곳곳으로 수업도 다녔습니다. 코로나19 팬데믹이 길어지며 문을 닫아야 했지만, 천안 시골에 '아트 오뜨'라는 체험미술관을 개관하기도 했습니다. 아이들이 언제든 찾아와 뛰어놀고 함께 종이접기할 수 있는 공간을 만드는 게 내 꿈이었거든요.

이렇게 많은 일을 했으니 지난 삶을 돌아보면 그야말로 '앞만 바라보고 달려왔다'는 생각이 절로 듭니다. 그런데 이 나이에도 '인생의 분기점'이라는 게 있더군요. 2015년도에 나에게 일어난 마법 같은 일은 더 넓은 세상이 있다는 사실을 알려주었습니다. 내 삶을 돌아보고 앞으로를 고민하는 계기가 되었습니다.

그 일의 시작은 이렇습니다. 그날도 여느 때와 같이 평범한 날이었어요. 수상한 전화 한 통이 걸려 오기 전까지는요. 받아보니 방송국이라고 하는데, 보통 때와는 좀 달랐습니다. MBC 예능국이라는 거예요. 어린이 프로그램에서 하차한 이후에도 간간이 방송에 출연해왔기 때문에 방송국에서 전화를 받는 일은 왕왕 있었지만, 교양국으로부터 온 연락인 경우가 대부분이었습니다. 예능국에서 전화를 받는 것은 처음이었어요. 굉장히 의아해하며 무슨 프로그램에서 연락을 주셨냐고 물었더니 마리텔이라는 겁니다. 나는 처음엔 무슨 호텔을 짓는 프로그램인 줄 알았습니다. 아마 내가 색종이로 이것저것 잘 만들어내는 사람이니, 필요한 소품이 있어서 전화한 모양이라고 생각했습니다. 그래서 필요한 내용을 정리하여 메일로 보내주면 뭐든 만들어드리겠다 말하고 통화를 마무리하려는데, 만나서 이야기해야 한다며 나를 붙잡는 게 아니겠어요? 그래, 그러자고 했지요.

그로부터 이틀쯤 뒤에 제작진이 내 작업실에 찾아왔습니다. PD 둘, 작가 넷. 나는 당황했습니다.

무슨 얘기를 하려고 이렇게 많은 사람이 들이닥쳤나,
하고요. 그래도 차분히 앉아 이야기를 들어보니 요지는
이러했습니다. 나를 예능 프로그램 출연진으로 섭외하고
싶다는 것이었지요. 출연진들이 각자 콘텐츠를 준비해서
라이브 방송을 진행하고 그 시청자 수를 집계하여
순위를 매기는 포맷이라고 하였습니다. 라이브 방송 중
채팅도 운영하는데, 출연진들이 그 채팅창을 확인하며
시청자들과 실시간으로 소통한다는 것이 특징이래요.

　이외에도 뭐라고 한참 설명하는데 들을수록
확고해졌습니다. 아무래도 못하겠다 싶었지요.
머리로는 제작진의 설명을 이해할 수 있었지만, 도통
그림이 그려지지 않는 거예요. 생방송이면 생방송이고
녹화방송이면 녹화방송이지, 라이브 방송하는 모습을
녹화·편집해서 내보내는 방송은 무엇인가요? 또 채팅은
다 뭐고요. 무엇보다 '마리텔'이 〈마이 리틀 텔레비전〉의
줄임말인지도 모르는 옛날 사람이 괜히 멋모르고
출연했다가 프로그램에 누를 끼칠 수도 있겠다는 걱정이
들었습니다.

　눈치 빠른 제작진은 내 마음에서 일어나는 이러한

작용들을 느꼈는지 더욱 열심히 설득하기 시작했습니다.

"출연진 중 백종원 씨가 벌써 육 주째 계속 1위를 하고 있어요. 이러면 방송의 전개가 너무 뻔해지는데, 도무지 맞수를 찾을 수가 없어서 걱정입니다. 선생님이 출연해주시면 정말 큰 힘이 되겠습니다."

"무슨 상황인지는 충분히 이해했어요. 그런데 그렇게 인기가 많은 분이라면, 내가 출연한다고 해도 결과가 달라질까요?"

내가 묻자 PD가 자신 있게 말했습니다.

"저희가 미리 사전 조사를 했죠. 우리 프로그램의 주요 시청층인 이삼십 대들에게 '마리텔에 누가 나왔으면 좋겠냐' 물었더니 많은 사람이 선생님을 꼽았어요. 다 〈TV유치원〉 보고 자란 세대니까요."

그랬더니 옆에 있던 작가들까지 전부 나도 그렇다며 거들더군요. 그 말을 듣고 내심 놀랐습니다. '아이고, 이 녀석들이 나를 안 잊어버리고 기억하고 있었네.' 하고요. 그래도 여전히 쉽게 결정할 수 있는 문제는 아니었습니다. 좀 더 생각해보겠다고 말한 뒤 제작진을 돌려보냈습니다. 그날 저녁 마리텔 재방송을 찾아보았지요. 어떤 프로그램인지 알아보려고요. 그리고 몇 시간 뒤 텔레비전을 끄면서 생각했습니다.

'야, 나는 정말 안 되겠다.'

정말 쟁쟁한 방송인들, 유명하고 인기 많은 연예인들이 자신만만하게 시작했다가 코가 쑥 빠져서 돌아가더군요. 채팅을 통해 실시간으로 올라오는 시청자 반응도 가차없었습니다. 내가 보기에는 다들 충분히 열심히 잘하고 있는 것 같은데, 재미가 없네, 또 뭐가 별로네…. 나는 이래 봬도 명색이 종이문화재단 평생교육원장에 대학교 초빙 교수, 전국 어린이들의 종이접기 선생님인데, 괜히 방송 나가서 놀림만 받고 돌아오면 그게 다 무슨 망신이냔 말이에요.

그날부터 제작진에게 연락이 올 때마다 이 핑계, 저 핑계를 대며 피했습니다. 이 정도로 피하면 눈치채고 단념할 줄 알았는데, 어찌나 끈질기게 매달리던지요. 한번은 학교에 나가 강의를 시작하려고 하는데, 전화가 울렸습니다. 그 바람에 학생들에게 무심코 이야기하고 말았지요. 마리텔에서 섭외 제의를 받았다고요. 그랬더니 이 녀석들이 남의 속도 모르고 무조건 나가야 한다며 목소리를 높이는 거예요.

"대박! 교수님! 거기 꼭 나가셔야 해요!"

"요즘 얼마나 인기 있는 프로그램인데요!"

그 말을 듣고 마음이 좀 흔들려, 친구들에게
물어보았습니다. 절반은 마리텔이 뭔지도 몰랐고, 나머지
절반은 다시 반으로 나뉘어 '나가봐라. 재미있을 것 같다.'
하는 쪽과 '아서라. 다 늙어서 무슨 망신을 당하겠다고
사서 나서냐.' 말리는 쪽이 팽팽하게 맞붙었습니다.
가족에게도 물었습니다. 아내는 알아서 하라고 했고,
자식들은 모두 반대했습니다. 요즘 예능 프로그램을 잘
모르는 아버지가 섣불리 출연했다가 상처라도 받을까
걱정하는 듯했습니다.

그러는 동안에도 담당 작가는 시도 때도 없이 문자
메시지를 보내고 연락해 왔습니다. 그렇게 한 보름쯤
버텼을까요? 어느 날은 선생님 섭외 못하면 자기는 정말
큰일 난다는 거예요. 상부에 불려 가 크게 혼이 나게
생겼다고요. 그래도 한 번 얼굴 보고 계속 문자 주고받은
사이라고 정이 든 것일까요? 나 때문에 혼이 나면 어쩌나,
측은지심이 들었습니다. 그래서 덜컥 출연하겠다고

저질러버렸지요.

그런데 사실 찬찬히 생각해보면, 출연을 마음먹게 된 결정적인 이유는 내내 그 얘기가 마음에 남아 있었기 때문인 것 같아요. 코딱지들이 나를 보고 싶어 한다는 말이요. 그 소리를 듣고 나니, 나도 요 녀석들이 잘 컸는지, 어떻게 살고 있는지 한번 만나보고 싶다는 마음이 커졌습니다. 그리고 산다는 건 결국 전부 도전 아니겠어요? 어차피 나갈 거면서 요즘 말로 '답정너'처럼 답을 정해두고 여러 사람 고생시켰던 것을 생각하면 조금 미안하기도 합니다. 하지만 이후에 나에게 일어난 멋진 일들을 생각하면 이 핑계 저 핑계 다 뿌리치고 난생처음 예능 프로그램 출연, 도전하기를 정말 잘했다 싶습니다.

우리, 이렇게 다시 만났네요!

〈마이 리틀 텔레비전〉에 출연하기로
결정한 이후로는 모든 일이 굉장히 빠르고 분주하게
진행되었습니다. 작가들이 다시금 내 작업실이 있는
천안 시골까지 먼 길을 달려왔습니다. 함께 머리 맞대고
방송 콘티를 짰지요. 하지만 마음먹기까지가 제일
힘들었고, 그다음은 하나도 어렵지 않았어요. 우선
종이접기 교육 경력이 삼사십 년에 달하니 머릿속에
든 아이템이 무궁무진했습니다. 또 오랜 세월 방송에
대해서는 아주 철저히 훈련받았지요. 세 시간 생방송도

전혀 문제 없었어요. 다만 '다 큰 녀석들이 이걸 정말
재미있어할까?'라는 걱정은 있었지만요. 그럼에도 내가
가장 잘하는 것이 종이접기이고, 나는 원래 종이접기를
하는 사람이니 이런 스스로를 자신감 있게 밀고 나가는
수밖에는 없지요.

마침내 녹화 당일이 되어, MBC 일산 스튜디오에
도착했습니다. 역시 백종원 씨는 그 명성에
걸맞게 입구에 들어서자마자 보이는 제일 큰 방을
배정받았더군요. 그다음으로 큰 방이 김구라 씨
방이었고요. 나에게는 아담하지만, 큰 책상이 있고 밝은
색깔로 예쁘게 꾸민 아늑한 방이 주어졌습니다.
새록새록 떠오르는 옛날 생각에 행복감을 느끼며
마음속으로 조용히 오늘 방송을 시뮬레이션해보려는데,
내가 정말 어처구니없는 실수를 했다는 사실을
깨달았습니다. 세 시간 동안 뭘 만들지는 다
계획해두었는데, 가장 중요한 걸 빼먹은 거예요. 바로
인사말이었습니다. 첫마디를 떼지 못하면 그다음도
없지요. 그런데 정말 고민이었습니다. 오랜만에 만나는

친구들을 어떻게 불러야 할까요? 그때는 어린이였지만
지금은 어른이 되었으니 너무 격의 없이 부르면 좀 기분
나빠할 것 같았습니다. 하지만 그렇다고 각을 딱 잡고서
"안녕하세요? 김영만입니다." 하는 것도 우습잖아요?
우리 이미 어릴 때부터 만나서 다 잘 아는 사이인데
말이에요.

마침 PD가 내 앞으로 지나가기에 물었습니다.

"PD님, 인사를 어떻게 해야 할까요? 어른들에게 하듯
말해야 할지, 아니면 아이들 대하듯 해야 할지….."

"선생님 편하신 대로 하세요! 저희가 재미있게 잘
편집할 테니까 걱정하지 마시고요!"

그래서 혼자서 조금 더 고민하다가, 결국 조심스럽게,
예의 있게 진행하기로 했습니다. 그때는 아이였지만
어쨌든 지금은 모두 어른이 되었으니까요. 그런데
어린이들을 오랫동안 만나오며 몸에 밴 습관 탓일까요?
방송 시작하자마자 이렇게 말해버리고 말았습니다.

"친구들 안녕하세요? 다들 코딱지만 했는데 어느새 다
커가지고 이렇게 다시 만났네요!"

그러고는 시청자 반응을 확인하기 위해 재빨리

채팅창을 살폈습니다. PD와 작가가 모니터에 올라오는
채팅들도 읽어가면서 진행해야 한다고 했거든요.
생방송하는 동안 진행자와 시청자가 서로 소통하는 것이
포인트라면서요. 그런데 도저히 그럴 수가 없었습니다.
채팅창 위로 글들이 좍좍좍 올라가는 속도가 너무
빨랐거든요. 많은 사람이 한 번에 들어와 이야기하면
그렇게 된다는 것을 나중에 알았습니다.

　　아무리 어려워도 해야만 한다고 마음을 굳게 먹고
열심히 채팅창을 들여다보았습니다. 계속 들여다보고
있으니 그래도 한두 개 정도는 알아보겠더라고요.

　　「선생님 사랑해요!」

　　"나도 사랑해요!"

　　「어디 가 계셨어요?」

　　"어디 가긴요? 여러분 자라는 동안 선생님도 여기서
열심히 살고 있었지요!"

　　몇 마디 입을 떼고 나니 자신감이 붙어서 썰렁한 아저씨
농담도 던져가며 종이접기를 시작할 수 있었습니다.
모양이 재미있는 왕관 비행기를 접는데, 손이 약간
떨렸어요. 방송에 나가 많은 친구 앞에서 종이접기하는

게 정말 오랜만이었거든요. 옛날 생각도 새록새록
났습니다. 처음 막 방송을 시작했을 때도 손을 무척
떨었거든요. 그때는 손뿐만 아니라 아예 온몸을 사시나무
떨듯 떨어서 NG도 백 번 넘게 났던 것 같습니다.

　비행기를 날리고 귀여운 새 모양 목걸이를 만들고 요술
꽃도 만드는 동안 시청자는 점점 많아져서 갈수록 채팅을
읽기가 더 힘들어졌습니다. 그러다 마침내는 화면이
뚝, 하고 멈추더니 그대로 꺼져버렸지요. 스태프가
소리쳤습니다.
　"잠깐 쉬겠습니다!"
　아직 쉬는 시간까지는 멀었는데 무슨 일인가
싶었습니다. 내가 뭔가 말실수를 하거나 잘못을 해서
방송이 중단되었나 걱정되기도 했고요. 다행히 그런
것은 아니고 접속량이 많아 방송 서버가 과부하되었다고
했습니다. 수많은 스태프가 분주하게 움직인 끝에 겨우
방송이 재개되었어요. 담당 작가가 우리 방 인기가 너무
많아서 백종원 씨 방송 서버까지 끌어왔다고 으스대며
말해주었습니다.

그날 방송에서 나는 중간 점검과 최종 발표까지 모두 1위를 차지했습니다. 중간 순위 소식을 들었을 때는 주책맞게 눈물이 났습니다. 땀을 닦는 척 손수건으로 눈가를 훔쳤지만, 실은 울고 있다는 걸 다 들켰지요. 또 모든 출연자의 생방송이 종료된 후 불 꺼진 세트에 서서 순위 발표를 기다리던 중, 갑자기 불이 확 켜지고 내가 1등이라는 방송이 나왔을 때는 그저 얼떨떨했습니다.

그대로 앞을 바라보니 환한 조명 아래에 서 있는 카메라맨의 눈망울이 그렁그렁했습니다. 작가들은 울면서 주저앉았고요. 어떤 스태프 하나는 눈시울이 붉어져서는 이루 말할 수 없는 감정을 담아 나를 바라보는데, 그 눈을 보고 그만 또 울고 말았습니다. 그들이 만들어준 방송이었습니다. 한때 가위 다루는 것도 힘들어하던 녀석들이 그 무거운 방송 장비와 케이블선을 옮기고 나르고, 간단한 종이접기를 할 때도 진득이 기다려주어야 했던 녀석들이 생방송이 원활히 진행될 수 있도록 분초를 다투며 발이 부르트도록 뛰어다녔습니다. 또 우리 친구들이 만들어준 1등이었지요. 다들 바쁘고 할 일 많고 놀고 싶은 와중에 김영만 아저씨랑

의리 지키겠다고 귀한 시간을 내준 거잖아요. 정말 오랜만에 문방구까지 가서 색종이와 풀, 가위도 미리 준비해놓고요. 사실 이제는 종이접기 별로 재미없을지도 모르는데요. 그 사실을 다 알고 있었기에 그저 눈가를 연신 훔칠 수밖에 없었습니다. "아이고 참, 이거 두 번은 못하겠네." 하면서요.

방송이 끝난 뒤, 나에게 큰 감동을 받았다며 감사를 전하는 코딱지 친구들이 많았습니다. 하지만 나는 그 열 배, 스무 배 이상의 감동을 느꼈습니다. 정말로 내가 또 어디서 이런 감동을 느낄 수 있을까요? 다시는 오지 않을 지금 이 순간은 또 얼마나 귀한가요? 사실 내색하지 않으려 해도 오기 전에는 내심 순위를 걱정했습니다. 그런데 라이브 방송이 시작되고 코딱지 친구들이랑 이야기 나누다 보니 순위 생각은 싹 사라졌습니다. 함께 종이접기하고 노는 게 무척 즐거워서요.

우리 친구들이 어릴 때는 내가 선생님으로서 완벽히 휘어잡았는데, 이제는 영 못 당하겠더군요. 다 큰 녀석들이 만들기가 너무 어렵다고 투정 부리고 엄살을 피우길래 별생각 없이 "어려우면 엄마에게 도와달라고 하세요!" 말했는데, 「엄마가 환갑이에요.」 「내가 엄마예요.」라는 대답이 돌아올 줄 누가 알았겠어요? 특히 내가 노란 색종이를 잘라 도깨비 눈을 만들어 붙이는 걸 보고 「인형이 황달이네.」라고 말했을 때는 너무 기가 막혀서 그만 뒤로 넘어갈 뻔했습니다.

처음에는 종이접기하면서 동시에 채팅도 읽는 게 어색하고 어려웠는데, 나중에는 채팅이 종이접기보다도 훨씬 재미있더군요. '이 녀석들이 또 무슨 이상한 소리를 할까?' 하고 열심히 들여다봤지요. 우리 친구들이 많이 컸지만, 아직도 엉뚱한 생각과 마음만은 어릴 적 그대로라는 사실을 알았습니다. 앞으로도 그렇게 반짝이는 눈으로 이 세상 곳곳에서 기쁨을 찾고 웃음을 전하며 살아갈 수 있었으면 좋겠어요.

생각해보면 참 놀라운 일입니다. 우리가 수십 년 세월을 거슬러 다시 만나 함께 종이접기를 할 수 있었다는 것이요. 그 무엇보다도 큰 감동입니다. 여러분이 멋지게 자라서 이제는 글자도 잘 쓰고 채팅도 빠르게 올릴 수 있는 멋진 어른이 되었다는 사실이, 많은 시간이 지나

이제는 다 늙어버린 내가 그런 여러분과 마음을 터놓고 소통하고 함께 웃을 수 있다는 것이 말입니다. 정말이지 이런 방송, 두 번은 못 할 것 같습니다.

착하게 자라주어서 고마워요

마리텔 녹화 전 방송국에서 촬영을
대기하고 있을 때, 아들로부터 문자를 한 통 받았습니다.

「아버지 채팅에 나쁜 말이 올라오더라도 너무 신경
쓰지 마세요. 그런 친구들 위로해주시고 격려해주세요.」

가족과 지인들이 마리텔 출연을 반대한 이유는
무엇보다도 악플이었습니다. 나에게 열정적으로
러브콜을 보내온 제작진들도 막상 내 출연이 확정되고

나서는 많이 염려했다고 했습니다. '연로한 선생님'이
상처받을까 봐서요. 보통은 라이브 방송을 시작하면
채팅창이 악플로 도배된다고 했습니다. 악플이
전체 올라오는 채팅의 무려 삼사십 퍼센트 정도를
차지한다고요. 열 마디 중 서너 마디는 욕설에 비난,
비방 등 나쁜 말이라는 거지요. 출연자들도 악플을 다
읽지만, 프로 방송인들인 만큼 다들 모른 척, 못 본 척하는
것뿐이라고도 했습니다. 하물며 예능 방송 출연이
처음이고 '옛날 사람'인 내가 그런 고통스러운 상황을
견딜 수 있을까 걱정한 것입니다.

　그럼에도 나는 주변의 경고와 만류를 무릅쓰고
마리텔 출연을 결정했습니다. 자고로 인생이란
도전이라는 것이 내 신조입니다. 겪어보기 전에는 어떤
일이 벌어질지 알 수 없는 것이 도전이지요. 스스로
호랑이굴에 걸어 들어가기로 선택했으니 감당하자고,
무슨 말을 보고 듣더라도 눈을 흐리게 뜨고 흘려 넘기자고
마음먹었습니다. 그래도 막상 녹화를 앞두니 떨렸습니다.
큐사인이 떨어지고 사람들이 내 방송에 접속하기
시작했을 때는 심장이 멎는 것 같았습니다. 하지만

다행스럽게도 방송하는 내내 나쁜 말은 보지 못했습니다. 방송 중간중간 쉬는 시간이 있을 때마다 제작진들에게도 물었습니다. 악플이 없었느냐고요. 그러면 그들은 활짝 웃으며 고개를 저었습니다.

"없어요, 없어요 선생님. 백 퍼센트 선플이에요!"

마리텔 방송이 시작한 이래로 이런 경우는 처음이라고 했습니다. 채팅창이 생수처럼 맑았다고요. 그날 내 방송에 들어와 있던 코딱지들끼리 서로 단단히 주의를 주었다는 사실을 나중에 들었습니다. "김영만 아저씨한테 나쁜 말을 했다가는 입을 핑킹가위로 어쩌구…" 하는 살벌한 이야기까지 해가면서요.

요즘은 코딱지들이 내 뒤를 지켜주고 있다는 생각이 듭니다. 우선은 방송에 섭외해주고, 행사 및 강연에 초빙해주어 내게 일감을 주는 사람들이 코딱지입니다. 여러분이 잘 자라서 우리 사회 곳곳에서 열심히 일하고 있다는 것이지요. 그 생각을 하면 고맙고 뿌듯해집니다.

몇 년 전 목 디스크 수술을 받았습니다. 언제부턴가 종아리부터 무릎까지 다리가 살살 저려 오고 갈수록 아팠는데, 진통제를 먹으면 매번 괜찮아졌기에

병원에 가지는 않았습니다. 그런데 그날 아침에는
도저히 다리가 움직이지 않아 침대에서 일어날 수도
없었습니다. 곧장 병원으로 가 의사에게 보이니 척추 두
개가 아래로 내려가는 신경을 누르고 있다고 했습니다.
나는 수십 년간 녹화를 기다리며 일주일 내내 긴장하고
있다가 녹화가 끝나면 마치 팽팽하게 당겼던 고무줄을
놓아버리듯 탁, 하고 풀어지는 생활을 이어왔습니다.
의사는 어쩌면 그런 삶이 몸에 무리를 줬을지도 모른다고
말하며 당장 수술해야 한다고 했습니다. 자칫하면 몸이
마비될 수도 있다면서요.

　차가운 이동식 침대에 누워 수술실로 실려 갈 때는 무척
긴장되었습니다. 며칠 전까지만 해도 내가 전신마취까지
요하는 수술을 하게 되리라고는 전혀 생각도
못했으니까요. 덜덜 떨며 마취를 기다리는데, 수술실에
있던 인턴 선생님들 중 하나가 눈치를 보며 조심스럽게
내게 말했습니다.

　"선생님 안녕하세요?"

　그러자 다른 선생님들도 한마디씩 내게 말을
걸었습니다.

"저도 코딱지예요!"

"선생님, 너무 걱정하지 마세요! 수술 잘될 거예요."

그 말을 듣고 미소 지으며 대답했습니다.

"네! 잘 부탁합니다!"

그 뒤로는 기억이 나지 않습니다. 다시 깨어났을 때는 이미 수술이 끝나 병실에 누워 있었습니다. 그리고 그날 내 수술을 잘 마쳐준 코딱지 친구들 덕분에 지금은 아주 건강히 살아가고 있습니다.

마리텔 첫 방송 이후로 정말 뜨거운 관심이 쏟아졌습니다. 그전에도 우리 어린이 친구들과 부모님들, 선생님들에게 과분할 정도로 큰 사랑을 받았다고 생각했는데, 실로 사랑에는 한계치가 없음을 새삼 깨달았습니다. 인터뷰 요청이 많이 들어왔고, 하루에도 여러 개의 기사가 게시되었습니다. 나는 특히 코딱지 친구들이 남긴 댓글과 방송 시청 소감 등을 꼼꼼히 읽었습니다. 어떤 코딱지는 알바 두 탕을 뛰고 녹초가 되어서 집에 돌아왔는데, 텔레비전을 켜니 김영만 선생님이 마리텔에 나와 종이접기를 하고 있었다고 했습니다. 배가 고프니 라면을 끓여 먹으려고 물을 올려놓고는, 급히 아무 종이나 집어 들고 텔레비전 앞에 앉았대요. 한참 정신없이 따라 하다 보니 냄비를 다 태웠는데, 자기는 그래도 좋았다고 했습니다. 또 다른 코딱지는 다 커서 결혼을 했더군요. 자기 남편이 그 옛날 내가 어린이 방송할 때 했던 율동을 잊지 않고 따라 한다며 그 모습을 동영상으로 찍어 올렸습니다. 만드는 과정을 처음부터 끝까지 하나하나 사진 찍어 후기를 올린 코딱지도 있었고요.

물론 작은 설화(舌禍)도 있었습니다. 마리텔 첫 촬영 당일, 나 혼자 알아서 방송국으로 가면 되는 줄 알았는데, 제작진이 천안 작업실로 찾아오겠다고 했습니다. 방송을 준비하는 모습부터 방송국까지 찾아가는 모습을 모두 촬영하고 싶다면서요. 그 과정에서 내 자가용의 차종이 노출되었습니다. 그걸 보고 몇몇 코딱지들이 상심한 것입니다.

「나는 이렇게 힘든데, 김영만 선생님은 비싼 차를 타고

다니면서 나보고 힘내라 하니 박탈감이 느껴진다. 결국
어른들은 다 똑같다.」

　하지만 실상 나는 내 차가 그렇게 비싼 줄도
몰랐습니다. 그로부터 몇 년 전, 동창 하나가 한국에서의
삶을 급히 정리하고 이민을 떠나는 일이 있었습니다.
나는 그를 아끼는 마음에 뭐라도 보태주고 싶었지만,
혹시 친구의 마음이 상하기라도 할까 봐 걱정되었습니다.
그래서 마침 내가 차가 필요하니 네가 타던 차를 내게
팔아라, 하고 넘겨받은 것이 그 자동차였습니다. 그러니
내가 사치스럽다거나 청년들의 어려움을 생각하지
않는 무심한 어른이라는 판단은 분명 오해였지만,
억울하기보다는 그저 마음이 아팠습니다. 세상에 그렇게
무심하고 나쁜 어른이 많다는 것이니까요. 나 또한
기성세대 어른의 한 사람으로서 미안했습니다.
　해명할 겨를조차 없었던 그때 내 편을 들어준 것
또한 코딱지 친구들이었습니다. 특히 이런 말이 기억에
남습니다.

「김영만 선생님처럼 한 분야에 평생 헌신한 사람이
성공해서 좋은 차를 타신다는 것은 굉장히 고무적인
일이라고 생각해요. 우리가 적어도 노력에 대한 보상이
이루어지는 사회에 살고 있다는 뜻이니까요.」

그 말을 보고 내가 이제까지 잘못 살지는 않았는가
보다 싶었습니다. 앞으로도 계속 부끄럽지 않게
살아가야겠다고 다짐했습니다.

3회 출연을 마지막으로 마리텔에서 하차했을 때,
어느 모임 자리에선가 무심히 말했습니다. 내내 악플을
걱정했는데 끝까지 나쁜 말을 듣지 않고 마치게 되어 참
다행이라고요. 그랬더니 누군가 나에게 말했습니다.
"당연하죠, 선생. 이 친구들은 선생님을 만나러
오면서 어린아이가 되었을걸요? 색종이 준비해서 매일
아침 텔레비전 앞에 앉던 그 마음으로 돌아갔을 텐데,
그런 마음으로 남을 헐뜯거나 욕할 수는 없어요."
생각해보면 참 괴로운 일입니다. 면전에 대고 모욕하는
말을 들으면서도 아무렇지 않은 척 웃으며 견뎌야 한다는

건요. 본인에 대한 기사가 나와도 아예 보지 않는다는, 오히려 의식적으로 피한다는 연예인이 많습니다. 기사의 내용은 차치하더라도 그 안에 있을지 모르는 악플이 겁난다고요. 그렇게 몇몇 아까운 사람들을 떠나보내고 나서야 아예 연예 관련 기사에는 댓글을 달지 못하게 막아버렸습니다. 그런데도 여전히 우울증과 공황장애, 불안장애, 대인 기피증을 호소하는 방송인들이 많습니다. 멀쩡히 길을 가다가도 '저 사람도 나를 미워하는 게 아닐까' 두려워져 숨이 막힌다고 말합니다.

정치에는 여당과 야당이 있고, 회사에는 선과 비선이 있습니다. 이처럼 우리 마음에도 좋은 마음과 나쁜 마음이 공존하여 매 순간 치열히 싸웁니다. 좋은 마음이 이기면 좋은 일을, 나쁜 마음이 이기면 나쁜 짓을 하게 됩니다. 한평생 살며 그 아무리 악해 보이는 사람이라도 내면에는 일말의 선한 마음이 있기 마련임을 알게 되었습니다. 오래 패배를 거듭하다 보니 위축되고 눌려 있을 뿐이지요. 인생살이라는 것이 다 그렇습니다. 그러니 나는 여러분이 속에 있는 나쁜 마음을 이겨나가는 사람이 되었으면 좋겠습니다. 물론 이따금은 지고 말

때도 있겠지요. 하지만 포기하지 않는 것이 중요하다고
믿습니다. 여러분은 충분히 그럴 수 있어요. 이렇게
멋지게 자라주었잖아요.

나름대로 '교수'라는 직함을 달고 있기에 대학에서
강의하고 학생들을 상담하기도 합니다. 보면 저마다
이런저런 고민을 가지고 있는데, 사람에게서 얻은
상처와 어려움이 대부분이더군요. 부모님에게 받은
상처, 선생님에게 받은 상처, 친구에게 받은 상처,
아르바이트하는 가게 사장님에게 받은 상처⋯. 그런
이야기를 들을 때마다 나는 우리가 서로에게 좀 더
관대해지면 전체의 아픔도 많이 줄어들 수 있지 않을까,
생각하곤 합니다. 물론 그것만으로 모든 문제가
해결되지는 않겠지만요.

아무리 생각해도 마음에 들지 않거나 눈에 안 차는
부분도 있을 것입니다. 사람이니까요. 하지만 내가
타인을 비판한 그 잣대로 결국 나 또한 비판받게 되는
것이 세상의 이치입니다. 그래서 나는 너그러이 이해하며
살아가고자 합니다. 여기에는 믿음이 필요합니다.

모든 사람이 각자 나름의 최선을 다하며 살아가고 있을 것이라는 믿음이요. 답답해서 분통 터질 때도 있지만, 결국 그러는 편이 내게도 더 좋아요.

일기예보는 맞는 법이 없습니다. 자주 틀리지요. 오죽하면 기상청 운동회날에 비가 왔다더라는 말이 우스갯소리로 돌아다닐까요? 날씨가 맑을 것이라 하여 우산 없이 외출했는데 비가 내리면, 당연히 기분이 상하겠죠. 하지만 생각해보세요. 그날의 날씨 하나를 예측하기 위해 얼마나 여러 사람이 노력하고 고생했을까요? 다들 그 분야에서 최선을 다하는 사람들인걸요. 그런데 사람이 아무리 애써도 어쩌겠어요? 결국 하늘이 하는 일인걸요.

어린아이들은 친구끼리 치고받고 싸우더라도 그 일을 마음에 오래 담아두지 않습니다. 친구가 "미안해." 사과하며 안아주면 금방 다시 해맑게 웃으며 어울려 놉니다. 내가 만난 코딱지들은 전부 어린 시절의 그 친절한 마음을 그대로 간직하고 있었습니다. 정말이지, 다들 착하게 잘 자라주었어요. 그 시절 그 마음을 절대 잊지 말고, 모두 어린아이처럼 살아갔으면 좋겠습니다. 그러면 우리가 살고 있는 이 세상도 지금보다는 조금 더 살 만해질 것 같습니다.

종이접기라는 위로

마리텔 첫 생방송 녹화가
시작되자마자 한차례 위기가 있었습니다. 시청자들과
소통해야 하는데, 도저히 채팅창에 글자다운 글자가
보이지 않았던 것입니다.

「ㅠㅜㅜㅜㅜㅜㅜㅜㅜㅜㅜㅜㅜㅜㅜㅠ」
「흐유ㅠㅜㅜㅜㅜㅜㅜㅜㅜㅜㅜㅜㅜㅜㅜㅜㅜㅜㅜㅜㅜㅜ」
「ㅠ퓨ㅜㅜㅜㅜㅜㅜㅜㅜㅜㅜㅜㅜㅜㅜㅜㅜㅜㅜㅜ」

학교에서 어린 학생들을 만나고, 개인적으로도 열심히 따라가려고 노력하지만, 젊은이들의 신조어는 항상 어렵습니다. 하지만 모르면 무엇이든 물어봐야지요. 그때도 내가 'ㅠㅠㅠ'가 무슨 뜻이냐 물으니 저 앞에서 방송을 모니터링하고 있던 작가가 내게 잘 보이도록 커다란 하드보지에 뭐라고 적어 두 팔로 높이 치켜들었습니다.

「울어요. ㅠㅠ 우는 거예요.」

그러고 보니 정말 글자들이 감은 눈에서 눈물이 주룩주룩 흐르는 모양 같았습니다. 이 친구들이 왜 나를 보자마자 우나, 의아했지만 그래도 방송을 진행해야 하니 "얘들아, 이제 그만 울자." 말했습니다. 그랬더니 착하게도 금방 뚝 그치고 이번에는 또 다 같이 그러더군요. "고맙습니다." "사랑해요."

3회 출연을 끝으로 마리텔에서 하차한 뒤에도 마음에 가장 인상 깊게 남은 것은 코딱지 친구들의 눈물이었습니다.

방송을 마치고 별생각 없이 했던 말이 일명 '김영만 어록'이 되어 인터넷에 올라오는 것을 보았습니다. 가령 이런 말입니다.

"여러분이 아이일 때는 어려웠을 수도 있지만, 지금은 어른이니 잘할 수 있을 거예요."

일부러 다정한 말을 해줘야겠다고 생각한 것은 아니었습니다. 신체가 발달하고 요령도 쌓인 어른이니까 당연히 아이보다 잘하는 것이 당연하잖아요? 그런데 그 당연한 말을 듣고 많은 친구가 울고, 방송 끝나고 꽤 오랜 시간이 지난 뒤에도 그 말을 곱씹으며 울컥한다고 했습니다. 어쩌면 아주 오랫동안 코딱지 친구들에게 잘할 수 있다는, 그 당연한 말을 해주는 사람이 아무도 없었는지도 모르겠습니다.

아무리 우리가 '빨리빨리'의 민족이라고 하지만, 이따금 부모님들은 지나치게 성말라 보이기도 합니다. 물론 사회의 영향이 큽니다. 갈수록 경쟁이 치열해지다 보니 조금만 삐끗해도 쉽게 밀려나고, 사회가 변화하는 속도도 점점 빨라져서 내가 무언가를 성취했다고 해도 계속 거기에 머물러 있을 수가 없지요. 결국 자기 자식이 다 잘되기를 바라는 마음이 부모의 인지상정입니다. 다소 호되게 재촉하고 채근하더라도 그 행동의 배경에는 내 자식이 뒤처질까 봐 염려하는 마음이 깔려 있어요.

반면 교육자인 나는 항상 격려하고 칭찬하고자 합니다. 물론 내가 아무리 코딱지들을 사랑한다 해도 부모님 마음의 발치에도 못 미칠 것입니다. 그러나 반대로 너무나 사랑한 나머지 보지 못하는 부분도 있더군요. 하루가 다르게 세상이 바뀐다고 하지만, 나는 삼십 대에 직장을 그만둔 후로 사십 년가량을 이 종이접기 하나로 먹고살았습니다. 물론 '내가 언제까지 이 일을 할 수 있을까?' 걱정했던 순간들도 많은데, 어찌어찌 이 나이까지 잘 살아왔네요. 다른 사람들이 보기에도 용하다 싶은 모양인지 어떻게 그럴 수 있었는지, 그 비결을 묻는 질문을 종종 받습니다. 그 말을 듣고 곰곰이 생각하다가 대답했습니다. 정말 즐겁게 내 온 마음을 다 쏟을 수 있는 내 일을 발견했기 때문이라고요. 아무리 작아 보이는 일이라도 그런 일만 찾는다면, 그걸 꼭 붙들고 이 거친 인생을 잘 살아갈 수 있을 거예요.

장담하는 까닭은 나는 사람의 마음에는 무한히 큰
잠재력이 들어 있다고 믿기 때문입니다. 그 잠재력을
다 쏟을 수 있는 일을 하며 살아간다면 결코 실패하지
않을 것입니다. 물론 앞서도 얘기했듯이 나에게도
어려움이 있었습니다. 내가 나의 어려움을 이야기한
것은 그저 '내가 이렇게 힘들었습니다.' 하소연하기 위한
것이 아닙니다. '이렇게 힘들었지만 결국 잘됐다!'라고
자랑하는 영웅담을 늘어놓기 위해서도 아닙니다. 이 글을
읽는 여러분이 사랑하는 누군가가 도전을 감행하겠다고
할 때에 믿어주는 부모, 가족, 선생님, 친구가 될 수 있도록
조금이나마 힘을 실어주고 싶었기 때문입니다. 물론
나라는 한 개인의 이야기를 모든 사람에게 적용하기에는
무리가 있을 수도 있겠지만, 내가 그렇게 살았다는 것은
가능성이 완전히 0은 아니라는 뜻이니까요. 여러분도
그렇게 살 수 있어요. 충분히 그럴 수 있습니다.

추억이란 무엇인가, 물어보면 저마다 각자가 생각하는
추억의 정의를 꺼내놓을 것입니다. 나는 사람이 힘들 때

떠올리는 것이 추억이라고 생각합니다. 나 같은 노인들은 옛날이야기 하기를 참 좋아하고 자주 합니다. 특히 나이 든 사람끼리 만나면 할 이야기가 추억 이야기뿐이에요. 자식들이나 손주들은 아주 진저리를 치지요.

"어휴! 아버지(혹은 할아버지)! 그 얘기 전에도 하셨어요! 또 하면 백 번째야!"

노인들이 추억 이야기를 좋아하는 까닭은 첫째로 우리에게는 앞으로 살아갈 날보다 지나간 날들이 더 많기 때문입니다. 둘째로는 지나간 시절의 행복한 이야기들을 반복하는 일이 우리에게 힘을 주기 때문입니다. 나이 많은 어른들은 이 세상에 태어나면서 가지고 온 에너지들을 이미 많이 써버렸거든요.

너무 단정적으로 이야기하는지도 모르겠습니다만, 나는 그래서 추억은 본래 노인의 것이라고 생각해요. 젊은이들은 추억에 젖을 이유가 없지요. 첫째로 그들은 지나간 날보다 앞으로 살아갈 날이 더 많으며, 둘째로 아직 젊고 힘이 넘치기에 굳이 옛날이야기까지 운운하며 자신을 위로하고 힘을 얻으려 들지 않아도 됩니다. 그런데 마리텔 방송 이후 많은 이삼십 대 청년들이 김영만 선생님이 추억을 건드렸느니, 방송을 보고 향수에 젖었느니 하면서 먹먹해했습니다. 만약 내가 추억을 건드려서 여러분이 감동받았다면, 그건 여러분이 그동안 비정상적으로 많이 힘들었다는 뜻이겠지요. 자신의 앞으로 무한한 가능성이 열려 있다는 당연한 사실조차 떠올리지 못할 정도로 말이에요. 초등학교에 다니는 어린아이가 유치원 다니던 때를 생각하며 "아 그 시절이 좋았는데. 다시 그렇게 좋은 날이 올까?" 하면 누구나 깜짝 놀라지 않겠어요? 나에게는 유치원 시절 보던 방송을 추억하며 눈물을 줄줄 흘리는 여러분의 모습이 꼭 그렇게 느껴졌었습니다.

마리텔 출연 이후 청년을 위한 토크 콘서트의 연사로 섭외하고 싶다는 제안을 많이 받았습니다. 찾아가보면 다들 어찌나 생각이 많고 고민이 깊던지요. 이야기 듣다 보면 요즘 친구들은 참 살기 힘들겠다는 생각이 들었습니다. 우리 때는 말 그대로 '맨땅'이어서 그대로 헤딩하더라도 땅을 뚫을 수가 있었어요. 그런데 요즘은 맨땅이 거의 없죠. 전부 아스팔트나 보도블록으로 잘 포장된 땅이어서 들입다 들이받으면 그대로 머리가 깨지고 말 것입니다. 또 나는 삽을 들고 낑낑거리며 힘들게 땅을 파는데, 옆 사람은 전동 드릴로 금방금방 해치우고 있으면 당연히 속상하고 의욕이 나지 않겠죠.

마리텔 라이브 방송을 진행하면서 가장 기억에 남는 가슴 아팠던 순간은 이때였습니다. 만들기를 다 하고 다음 아이템으로 넘어가기 전에 으레 하듯이 "자, 다음엔 무엇을 만들까요?" 말했더니, 어떤 코딱지가 "직장 접어주세요." 하는 거예요. 방송 중인데도 그 말을 보고는 마음이 미어져서 한동안 아무 말도 하지 못했습니다. 어른은 많은 것을 참을 수 있는 사람이라고 합니다. 그런데 나는 다른 건 다 참아도 웃음이랑 울음만큼은 못 참겠더라고요. 그러니까 우리 친구들도 웃고 싶을 때 마음껏 웃고, 울고 싶을 때 편하게 울어요.

내가 색종이를 접어 여러분에게 직장을 만들어줄 수 있다면 백날 밤을 새워서라도 만들어주고 싶습니다. 그렇게 해서 나쁜 어른이 된 죄를 갚을 수만 있다면요. 우리의 어린아이들이, 가능하다면 지금의 젊은 코딱지 친구들부터 고용 불안이니 비정규직의 아픔이니 하는 것을 몰라도 되는 세상에서 살았으면 좋겠습니다.

지방 강연을 가기 위해 차를 몰고 가다가 고속도로의 휴게소를 들르면 종종 나를 알아보는 코딱지 친구들을 만납니다. 그 친구들은 "사인해주세요." "사진 찍어주세요." 하고는 꼭 끝에 "한 번 안아주시면 안 돼요?" 합니다. 안 될 게 뭐가 있겠습니까? 그래 어디 한번 안아보자 하고 꽉 안아주고 다시 내 차에 올라타 운전해 가고 있노라면 괜히 코끝이 찡해지곤 했습니다. '이 녀석들이 왜 자꾸 나만 보면 안아달라고 하나.' 미안했습니다. 고속도로를 쭉 달려가다 보면 '아, 내 인생이 꼭 이랬다.' 하는 반성이 들었습니다. 그야말로 뒤도 돌아보지 않고 그저 쭉 앞만 보고 달려가는 인생이었지요. 내 다음 세대는 어떻게 살고 있는지 알지도 못하고, 돌아보지도 않고요. 이 시대를 살아가는 어른들이라면 모두 나와 같이 반성해야 한다고 생각합니다. 특히 개인의 차원을 넘어 정치권에서도 청년들의 아픔을 진지하게 생각해주어야 한다고 생각합니다. 청년들의 마음을 어루만져주는 정책, 그들이 미래에 대한 희망을 품고 힘내어 살아갈 수 있게 하는 정책이 필요하겠지요.

결과적으로 마리텔 출연은 내 인생의 커다란 분기점이었습니다. 어른으로서의 책임감을 일깨워주었고, 이후의 생에서 코딱지 친구들을 위해 할 수 있는 일이 있다면 무엇이든 하겠다고 결심하게 했습니다. 물론 그리 대단한 일을 할 수는 없을 것입니다. 결국 들어주고 들려주는 것밖에는 없다고 생각합니다. 멀리 떨어져서는 그럴 수 없지요. 그러니 항상 곁에 있어주는 어른이 되는 것이 내 남은 생의 목표입니다. 코딱지 친구들이 어릴 때부터 함께했으니, 끝까지 함께하는 어른이 되고 싶어요.

과거 마리텔 라이브 방송이 일요일에 진행되다 보니, 방송하다 보면 「아 내일 월요일임.」「회사 가기 무서워요.ㅠㅠ」라는 말들을 자주 보게 되었습니다. 사무용품을 활용한 재미있는 만들기를 기획한 것은 그래서였어요. 일하고 돈 벌어 먹고산다는 것이 절대 쉽지 않지요. 특히 회사에 엄하고 무서운 사람들이 있다면 더더욱 그럴 거예요. 회사에서 사용하는 서류봉투를 활용하여 몸통을 만들고, 색지에 그림

그리고 오려 붙여 얼굴과 꼬리를 만들었습니다. 그러고
나니 무서운 부장님 얼굴을 닮았지만, 전혀 무섭지
않은 사자가 되었지요. 그 사자를 들고서 전국에 있는
부장님들에게 우리 불쌍한 코딱지
사원들 힘들게 하지 말라고
잔소리를 해주었더니, 다들
잠시나마 출근하기 싫은 마음을 잊고
웃으며 즐거워했습니다. 그 모습을 보니
내 마음도 좀 편해지는 것 같았어요.

우리 코딱지 친구들
힘들게 하지 마세요!

　종이접기는 작은 일이지만 그래도
누군가에게는 분명 위로가 됩니다. 내가 종이접기를
하면서 자주 하는 말버릇이 몇 가지 있습니다.
중간중간 "재미있는 모양이 되었어요!"라고 말하는
것은 어린이들이 완성되기 전, 종이접기의 과정
자체를 즐거워했으면 좋겠다고 생각하기 때문입니다.
"하나도 어렵지 않아요. 정말 쉬워요."라고 말하는 것은
어린이들이 의욕을 잃거나 포기하지 않았으면 좋겠다고
바라기 때문이에요. 여러분은 이제 어른이 되었지만,
이 말만큼은 여전히 머릿속과 마음속에 아주 못이 박힐

때까지 들려주고 싶어요. 내가 쉽다고 생각하고 임하면 모든 일이 쉬워지는데, 일단 어렵다고 생각해버리면 시작하기 전부터 겁이 나고 그 뒤로도 모든 일이 쉽지 않게 되기 때문이에요.

어떤 코딱지 친구는 이렇게 한탄하더군요.

「어릴 때는 알록달록한 색종이를 가지고 이것저것 잘도 만들어냈는데, 지금은 수십 번 떨어진 이력서를 다시 고쳐 쓰고 있다. 이 백지 안에 무엇을 채워야 할지 모르겠다.」

그 말을 듣고 또 울컥했습니다. 친구들, 결코 쉽지 않겠지만요, 나는 그럼에도 불구하고 여러분이 눈앞에 주어지는 모든 상황을 마치 색종이처럼 바라보며 살았으면 좋겠습니다. 어떤 건 빨강, 어떤 건 파랑, 어떤 건 초록, 어떤 건 검정… 제각기 저마다의 색을 띠고 있겠지만 그래봤자 다 색종이예요. 여러분은 그걸 이리저리 접고 오리고 붙여서 무엇이든 만들어낼 수 있어요. 그리하여 색종이 접기를 할 때는 아이고

어른이고 없습니다. 모두 얼굴을 환하게 밝히며
즐거워합니다. 중간중간 "와! 정말 재미있는 모양이
되었네!" 감탄하면서요.

빙글빙글 날아가는
귀여운 아기 새

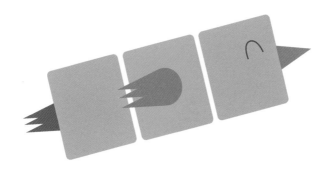

준비물

- 색종이
- 풀
- 가위
- 색연필 또는 사인펜

만드는 법

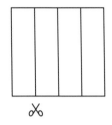

① 색종이를 세로로
   길게 네 번 잘라서
   띠를 만들어요.

② 띠를 둥글게 말고
   끝부분에 풀칠하여
   고리 모양으로
   만들어요.

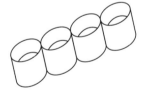

③ 그럼 색종이 고리가 네 개
   생겼지요? 고리들을 길게 이어
   붙여주세요.

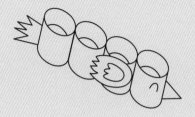

④ 남은 색종이로 새의
　날개와 부리, 꼬리를
　만들어서 붙여주세요.
　예쁘게 웃는 눈도
　그려주세요!

이렇게 가지고 놀면 재미있어요!

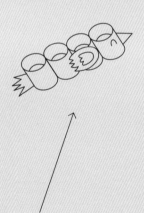

아기 새를 하늘 높이
날려주세요. 그래도
괜찮아요. 아기 새지만
튼튼하고 멋진 날개를
가졌거든요. 위로
던지면 빙글빙글
돌며 신나게 하늘을
날다가 다시 땅으로
내려온답니다.

이 작은 색종이 안에
꿈이 있어요

아이들의 자리가
넉넉히 주어지기를

언젠가 어느 인터뷰 자리에서 소원이
무엇이냐는 질문을 받았습니다. 나는 잠시 생각하다가
대답했습니다. 코딱지들이 행복했으면 좋겠다고요. 특히
작고 어린 친구들이 아프지 않고, 아무 걱정 근심 없이
마냥 즐겁고 씩씩하게 자랐으면 합니다. 그 친구들이
자라 스무 살, 서른 살이 되었을 때는 나 같은 추억의
인물을 끌어내며 눈물 흘리지 않아도 되는 세상이
만들어졌으면 좋겠습니다.

직업상 어린아이들을 자주 만나게 되니 종종 물어보곤 했습니다. 너희는 언제가 가장 즐겁고 행복하냐고요. 그때마다 대답은 항상 비슷했습니다.

"친구랑 놀이터에서 놀 때요."

"엄마 아빠가 같이 놀아줄 때요."

어린아이들은 지치지도 않고 몇 시간씩 뛰어놀지요. 보고 있으면 어디서 체력이 샘솟는지 경이로울 정도입니다. 하지만 나 또한 옛날에는 놀기를 참 좋아하는 아이였습니다. 특히 손재주가 있어 재미있는 놀잇감들을 뚝딱뚝딱 만들어내니 친구들 사이에서 인기가 많았습니다. 자연히 우리 집은 온 동네 아이들이 모여 노는 구심점이 되었지요. 친구들과 한 떼로 뭉쳐 돌아다니다 보면 괜히 어깨가 으쓱하고 뿌듯해지곤 했지만, 한 가지 아쉬운 점이 있었습니다. 우리 집에 모여 놀다가도 시장 갔던 어머니가 돌아오시면 "이제 나가 놀아라!" 성화하시는 바람에 다 같이 쫓겨나고 말았다는 것입니다. 그래도 멀리 가지는 못하고 우리 집 앞에서 놀았지만요.

그 시절의 아쉬움이 사무쳐서인지 간혹 어린 자녀를 둔

부모님들을 만날 기회가 있으면 강조합니다. 아이들이 집에 놀러 오면 환대해주라고요. 어린이들의 또래 집단에도 리더가 있습니다. 당연히 또래들 사이에서 놀이를 주도하는 아이가 리더가 되겠지요. 결국 '우리 아이를 리더로 기르는 교육'은 친구들과의 놀이에서부터 시작하는 것입니다.

물론 쉬운 일은 아닙니다. 아이들이 놀러 오면 뭐라도 해 먹여야 하고, 먼지 날리며 잔뜩 어지럽히고 가면 청소해야 합니다. 그럼에도 자기 방에서 얌전히 놀겠다고 하면 그러려니 할 텐데, 아이들은 꼭 안방에 들어가 침대 위에서 뛰고 싶어 합니다. 어른으로서 꾸짖을 수도 있고 잘 타이를 수도 있지만, 아이들의 마음을 이해하는 것이 먼저라고 생각합니다. 아이들은 도대체 왜 안방에서 장난치고 싶어 할까요? 그곳이 자기 방보다 넓고 깨끗하니까 그런 것이 아닐까요?

어른들은 스스로 주도적으로 결정하여 집에 친구를 초대할 수 있습니다. 하지만 아이들은 보호자의 허락 없이는 친구들을 초대할 수도 없고, 대접할 수도 없죠. 특히 아이들은 함께 사는 가족들과 많은 공간을 나누고

있습니다. 종종 집 안을 돌아다니다 보면 아이가 웬
구석배기에 장난감을 내팽개쳐둔 것을 보게 됩니다.
치우는 것을 깜빡 잊었구나, 하고 정리해두면 아이는
화를 냅니다. 일부러 그 자리에 두었던 것이라면서요.
또 아이들은 책상 밑이나 침대 밑에 기어 들어가는 것을
좋아합니다. 아예 이불까지 끌어다가 텐트를 치기도
합니다. 그 모든 것이 자기만의 공간이 필요하다는
신호라고 생각합니다. 손님을 대접할 수 있는 아이가
되는 것은 그래서 중요합니다. 집에 온 친구들을
이끌고 이곳저곳 구경시켜주고, 친구들이 불편한 것은
없나 살피는 과정에서 정말 '우리 집의 주인'이 되는
것이니까요.

그런데 요즘 아이들은 놀 시간 자체가 없는 것
같아 마음이 아픕니다. 아주 일찍부터 학원에 다니기
때문입니다. 초등학교에 들어가기 전부터 학원에
다니며 영어와 수학 등을 배우고, 초등학교 고학년
과정은 물론 중고등학교 과정까지 선행학습하는 경우도
있다고 합니다. 하지만 내가 옛날 사람이기 때문일까요?
나는 아이들은 콧물 질질 흘리면서 모랫바닥을

뒹굴고 흙냄새를 맡으며 자라야 한다고 생각합니다.
아이들의 머리통은 몹시 작은데, 그 안에 너무 많은 것을
집어넣으려 하면 힘들어해요. 또 친구들과의 우정은 그
어떤 교과서나 문제집에서도 얻을 수 없습니다. 오직
함께 흙바닥을 구를 때에만 쌓이는 것이지요. 놀다가
다치기도 하고 서로 싸울 수도 있겠습니다만, 경험이
반복되면 다치지 않고 즐겁게 노는 법을 터득하게
될 것입니다. 또 서로 양보하는 법을 배우며 인성도
발달하겠지요.

물론 가장 큰 문제는 우리 사회에 있을 것입니다.
아이들이 학원에 다니는 것이 내 아이가 훌륭한 사람이
되었으면 좋겠다는 부모의 욕심 때문만은 아니라는
사실을 잘 알고 있습니다. 부모 두 사람이 모두 회사에
다니고 야근까지 하게 되면, 아이들을 늦게까지 집에
혼자 둘 수 없으니 학원에 보내게 된다는 부모님들을 많이
만났습니다. 결국 작금의 학원들은 교육의 기능 외에도
돌봄의 기능까지 수행하는 것이지요. 우리 어린이들이
마음껏 뛰어놀 수 있도록 부모님을 아이에게 돌려주는
사회가 되었으면 좋겠습니다.

지난 코로나19 팬데믹이 길어지며 지금은 아쉽게도 문을 닫고 개인 작업실로 쓰고 있지만, 여러 해 전 아이들을 만나기 위해 체험미술관 '아트 오뜨'를 열었습니다. 피자 배달도 오지 않는 외딴 시골 마을에 있지만, 시야가 시원하게 트이고 산들에 포근히 싸여 자연 풍광이 아름다운 곳입니다. 그곳에 예쁜 주황색 지붕을 인 집을 짓고 정원에 예쁜 꽃과 나무들을 잔뜩 심어두었을 때는 뿌듯했습니다. 아이들이 언제든 찾아와 마음 편히 놀 수 있는 공간을 만드는 것이 내 오랜 꿈이었으니까요.

그런데 체험미술관을 운영한다는 것은 생각한 것 이상으로 힘들었습니다. 아이들을 보살필 때 가장 주의해야 하는 것은 첫째도 안전, 둘째도 안전입니다. 그래서 선생님 여럿이서 눈에 불을 켜고 지켜보고 있는데도 꼭 미술관을 탈출해서 바깥으로 뛰쳐나가는 녀석들이 생겼습니다. 남의 집 논밭에 뛰어 들어가서 망쳐놓는 바람에 사과해야 했던 것도 여러 번이었습니다. 그래도 다치지만 않으면 괜찮은데, 집 밖 개나리 울타리를 뚫고 넘어가다가 긁혀 생채기가 생기기도 하고,

정원에 심은 장미를 꺾다가 가시에 찔려 손에 피를 철철 흘리기도 했습니다. 왜 그랬냐고 물으면 엄마 가져다주고 싶어서 그랬대요. 어이가 없어 허허 웃고 있자면 내 뒤로 서너 명이 달라붙어서 집의 외벽을 타고 자라는 담쟁이덩굴을 쥐어뜯어댔습니다.

이런저런 이유로 아프고 다친 아이들을 하루에도 여러 번씩 내 차에 태워 읍내 병원에 데려가다 보니 나중에는 병원에서도 "아이고! 또 오셨네요!" 하고 나를 알아보는 지경에 이르렀습니다. 아이들을 돌보다 보면 힘들고 지치는 것은 당연지사입니다. 그러나 그렇다고 해서 어떻게 이 예쁜 아이들을 미워할 수 있을까요?

내가 성경에서 특히 좋아하는 부분 중 하나는 예수님이 어린이들에 대하여 말씀하시는 대목입니다. 예수님이 저희가 사는 마을에 오셨다는 소식을 듣고 어린아이들이 잔뜩 신이 나 뛰어나갑니다. 얼마나 신기하고 또 궁금했을까요? 그런데 마을 어른들이 아이들을 막아섭니다.

"어디 어른들 모인 자리에 아이들이 오느냐, 저리 가라."

"어른들 피곤하게 하지 말고 다른 데 가서 놀아라."

그런데 예수님은 오히려 그런 어른들을 만류하며 말씀하시지요. 어린아이들이 내게 오는 것을 막지 말라고요. 천국은 이 어린아이와 같은 사람들의 것이라고요.

종종 초등학교에 재능기부 차 종이접기 수업을 갑니다. 수업을 마치고 잠시 선생님들과 이야기를 나누고 밖으로 나오면, 아이들이 줄을 쭉 서 있습니다. 사인을 받겠다고 길고 지루한 어른들의 대화를 참으며 묵묵히 기다리고 있었던 것이지요. 선생님들이 시간이 늦었다며 돌아가라고 해도 절대 안 갑니다. 그러면 나는 시간 많으니 사인을 다 해주고 가겠다고 합니다. 아무리 바빠도 해줄 수 있는 건 다 해줘야지요. 특히 줄까지 섰는데 사인 안 해주고 그냥 가면 얼마나 나를 원망하겠어요?

아이들과 함께 있으면 천국이 꼭 이렇게 즐겁고 순수한 것이겠구나 생각하게 됩니다. 아이들이 얼마나 엉뚱한지 아시나요? 3, 4학년쯤 되는 아이들은 만나면 꼭 내게 묻습니다. "결혼했어요?" 내가 깔깔 웃으면서 "그럼!

너만 한 손주가 여럿 있다!" 하면 그다음으로 묻는 게 "몇 살이에요?"예요. 그럼 나는 맨날 하는 대답이 있습니다. "백 살!" 하면 이번에는 아이들이 재미있다고 깔깔 웃습니다. 아이들 레퍼토리란 항상 빤하지만, 그래서 매번 귀엽고 사랑스럽습니다.

아이들은 주는 것도 참 좋아합니다. 사인을 해주고 나면 사탕이나 초콜릿 따위를 한참 손에 꼭 쥐고 있다가 건네주고, 수업 중간중간 쉬는 시간이 있을 때마다 다가와서 색종이로 꼬깃꼬깃하게 접은 하트나 꽃을 전해 주기도 합니다. 그래서 우리 집에 있는 내 겉옷 상의들을 보면 전부 예쁜 색종이 장식들이 하나씩 달려 있습니다. 나는 잠깐 왔다가 가는 사람일 뿐이지만, 아이들은 그렇기 때문에 더더욱 나를 챙겨주고 싶어 하는 것 같습니다. 나는 몇 시간 정도 내어 함께 색종이 만들기를 하고 사인을 해주었을 뿐인데, 항상 아이들에게 받는 것이 더 많습니다.

요즘은 아이들을 반기지 않는 곳이 많아지고 있다는 소식을 접했습니다. 일명 '노 키즈 존'이라고 하나요? 나 또한 영업장에서 어린 손님을 받았다가

큰 손해를 입었다는 사연을 몇 가지 들었습니다. 무척
안타까웠지만, 사실 그건 아이들 잘못이 아니에요.
아이들이 적절히 행동하도록 가르쳐주지 않은 보호자의
잘못이지요. 또 아이들이 실수하고 잘못하더라도 어느
정도는 관용이 필요합니다. 흔히 사회화라고 하지요.
아이들은 우리 사회 성원으로 살아가기 위해 많은 것을
배우는 단계에 있습니다. 배우는 과정에 시행착오는
당연한 일입니다.

　　나는 수십 년 세월에 걸쳐 수많은 아이를 가르치면서
항상 이야기했습니다. 종이를 똑바르게 접지 않아도
괜찮고, 가위질을 삐뚤빼뚤하게 해도 괜찮고, 틀려도
괜찮다고요. 틀리는 것은 너희의 권리라고요. 모르긴
몰라도 이 책을 읽는 여러분도 어릴 때는 굉장히
사고뭉치였을 겁니다. 그리고 주위 많은 어른으로부터
용납되고 이해받았겠지요. 그 결과 지금은 이렇게 멋진
어른으로 컸잖아요? 그러니 여러분도 아이들에게 배움의
기회를 주었으면 좋겠습니다. 어린 시절에 식당도,
카페도 가보지 못한 아이들이 그대로 성장해 어른이
되면 어떤 일이 생길까요? 아마 우리 사회에 대혼란이

일어나지 않을까요?

　모든 가정과 개인, 우리 사회 전체가 아이들을
사랑하고 아이들을 위한 자리와 마음을 넉넉히
내주었으면 좋겠습니다. 이러면 김영만 선생님이
아이들을 좋아해서 애들 편만 든다고 하겠지만, 그런 말
마세요. 여러분이 아이일 때도 수많은 어른이 여러분을
얼마나 사랑해주었는데요.

내가 청바지만 입는 이유

　　　　　　좋아하는 사람과 함께 있을 때
아이들이 보이는 특징이 있습니다. 바로 몸이 앞선다는
것입니다. 온몸으로 부닥쳐 오기도 하고, 실실 웃으며
발로 툭툭 걷어차기도 합니다. 붙잡고 늘어지기도
하는데, 특히 내 바지 허리께에 빙 둘러 있는 혁대 고리를
붙들고 매달리기를 좋아해요. 면바지나 양복바지는
아이들이 그렇게 붙들면 금방 툭 하고 떨어지고 맙니다.
하지만 면이 질긴 청바지를 입으면 아이들이 아무리
매달리고 늘어져도 좀처럼 안 떨어집니다.

한편 그러고 있는 모습을 보면 선생님이나 부모님들은 기함을 합니다. 궁둥짝을 팡팡 때려가며 어른에게 예의 없이 뭐 하는 짓이냐, 혼을 내기도 하지요. 또 어떤 부모님들은 선생님께 꼬박꼬박 존댓말을 하라고 합니다. 하지만 존댓말은 어른의 언어지, 아이들의 언어가 아니거든요. 그래서 나는 손사래를 칩니다. 그러지 말라고, 아이가 하고 싶은 대로 하도록 가만히 놔두라고요. 아이들이 치고 때리는 것은 미워서가 아니라 같이 놀자는 뜻이라는 걸, 친구가 되자는 뜻이라는 것을 오랜 경험에 미루어 잘 알고 있거든요. 사람이 미워서, 혹은 싫어서 때리는 것은 대부분 어른이 하는 행동이에요.

이렇게 말하면 누군가는 의아해하며 내게 따져 물을 것입니다.

"아니 선생님, 친구가 되고 싶다고 사람을 때려도 된다는 말씀이세요?"

"잘못된 행동을 하는데 그냥 두는 게 정말 아이를 위한 일인가요?"

모두 맞는 말입니다. 친구가 되고 싶다고 사람을

때려서는 안 됩니다. 아이가 잘못된 행동을 하면 그러지 않도록 가르쳐주어야 합니다. 하지만 그전에 한 가지 생각해보았으면 좋겠습니다. 예의를 가르치는 것이 먼저여야 할까요, 친구가 되는 것이 먼저여야 할까요?

예의는 가정에서, 유치원과 어린이집에서, 학교에서 충분히 배울 수 있습니다. 하지만 누군가와 마음을 터놓고 친구가 되는 경험은 좀처럼 할 수 없는 귀한 것입니다. 그래서 나는 항상 후자가 먼저라고 생각해왔습니다. "요게 어른을 아주 우습게 봐?" 하는 말을 들으면, 이미 아이와 나 사이에 엄청난 단차를 두고 내려다보고자 하는 마음이 느껴집니다.

흔히 '인성교육'이 중요하다고 강조하는데, 나는 권위를 가지고 "어른에게 말대답하지 마." "어른에게 함부로 손을 대지 마." 엄격하게 훈계하는 것보다는 진정으로 마음을 열고 전인격적인 관계를 맺는 것이 아이들의 인성에 더 좋은 영향을 미치리라 생각합니다. 나는 김영만 선생님이 나를 좀 봐줬으면 하는 마음에 내 나름의 방식으로 말을 건 것뿐인데, 그런 사람 앞에서 예의 없다고 혼이 나면 아이는 얼마나 머쓱하고 무안할까요? 억울하기도 할 것입니다. 나쁜 마음을 가지고 한 행동도 아니었으니까요.

친구 사이에는 서로 혼낼 필요가 없습니다. "나는 네 마음을 다 알아. 다음에는 주먹 쥐고 힘껏 나를 두드리지 않아도 돼. 나를 부르기만 해도 나는 들을 수 있단다."라고 말해준다면, 또 충분한 신뢰와 확신을 준다면, 아이가 그 말을 듣지 않을 이유가 있을까요?

아이들이 나를 만나는 것은 수업하는 몇 시간이 전부지만, 그 짧은 시간 동안에 공감하고 마음을 나누는 친구가 되는 경험을 한다면, 그 아이는 분명 이전과는 달라질 것입니다. 나는 이제까지 아이들을 만나며 '야, 쟤는 정말 안 되겠다.' 생각해본 적이 한 번도 없습니다. 그러니 예의 없는 아이를 만났다면, 아이에게서 문제를 찾기 전에 내가 이 아이를 대하는 방식에 문제가 있었던 것은 아닌지 어른으로서 먼저 돌아보아야 할 일입니다.

처음 교육자로서 아이들 앞에 섰던 순간을 기억합니다. 학교 선생님이 되고 학원을 운영하게 되었지만 나는 유아 미술을 공부해본 적이 없었습니다. 예고에서는 유화를 전공했고, 대학에서는 그래픽 디자인을 공부했으니까요.

결국 독학을 해야 했습니다. 어린이 미술책은 물론
아동심리학 책까지 사다가 새까맣게 줄을 쳐가면서
읽었습니다.

이제 나름대로 만반의 준비를 하였다, 생각하고 아이들
앞에 섰습니다. 그런데 어떤 아이 하나가 내게 대뜸
물었습니다.

"선생님, 회사 다녔어요?"

내 말투가 마치 상사가 부하 직원에게 하듯 딱딱하고
고압적인 명령조였던 모양입니다.

또 아이들과 함께 있으면 온갖 사건 사고가 다
일어난다는 것을 그때는 미처 몰랐습니다. 하루는
한창 색종이 만들기를 하는데, 아이 하나가 손을 번쩍
들었습니다.

"선생님! 저 손 다쳤는데 어떡해요?"

보니 종이에 손을 베였는지 피가 조금 나고
있었습니다. 하지만 그때는 "양호실에 내려가서 양호
선생님께 보이고 치료를 받으렴."이라는 말조차도 할
줄을 몰랐습니다. 그래서 냅다 외쳤지요.

"야! 그거 피 안 나게 휴지로 잘 싸매뒀다가 이따 집에 가서 고쳐!"

생각해보면 스스로도 어이가 없습니다. 그 말을 듣는 아이들은 얼마나 기가 막혔을까요? 그런 일을 몇 번 겪다 보니 안 되겠다 싶었습니다. 아이들에 대해 이해하는 것은 물론 기존의 내 사고방식과 언어, 소통 방식 자체를 완전히 뜯어고쳐야겠다고 생각했어요.

우선 어린아이들에게 어른과 같은 수준의 집중력을 기대할 수는 없습니다. 처음에는 한 시간 수업에 종이접기를 열 개는 할 수 있을 거라고 생각했습니다. 그런데 실제로 할 수 있는 것은 세 개 정도였습니다. 겨우 세 개 밖에 못 하냐고요? 세 개도 결코 적지 않습니다. 아이들에게는 그만큼도 충분합니다. 그렇다면 이제 선생님에게는 그 세 가지 만들기를 함께 하기 위해 한 시간 동안 아이들의 집중력을 끌고 가야 한다는 숙제가 남습니다. 처음에 "자, 여기 보세요!" 하고 다 같이 색종이를 한 번 세모로 접고 나면 아이들의 집중력은 곧바로 흐트러집니다. 하지만 종이를 한 번 접어서 만들 수 있는 것은 없잖아요. 어떻게든 끝까지 따라가야 결과물을 만날 수 있지요. 아이들을 '코딱지'라고 부르기 시작한 것은 그래서입니다. 아이들은 똥이나 방귀, 콧구멍 같은 익살맞은 단어들을 좋아해서 그렇게 부르면 귀가 쫑긋 서거든요. 내가 "코딱지들아!" 하면 "우리가 왜 코딱지예요!" 합니다. 아이들이 나를 보고 있는 사이에 나는 능청스럽게 다음 단계로 넘어가지요.

아이들이 이해할 수 있는 단위도 생각해야 했습니다. "일 센티미터(㎝) 접으세요." 하면 아이들은 못 알아듣습니다. 어른들은 일 센티미터가 어느 정도인지 알고 있지만, 아이들은 모르거든요. 아직 안 배웠거나, 배웠다 해도 익숙하지 않기 때문입니다. 그래서 손톱만큼 접으라는 말을 만들어냈어요. 그 뒤로는 내가 "손톱만큼 접으세요!" 하면 색종이 위에 제 손톱을 대보며 열심히 따라 하는 모습을 볼 수 있었습니다. 아이들 프로그램에 어른이 나와서 어른의 잣대를 들이밀면 어느 아이들이 그것을 보겠습니까? 1센티미터 자르세요, 2센티미터 자르세요 하면 어른은 알아들을 수 있지만 아이들은 모릅니다. 하지만 "손톱만큼 자르세요!" 하면 눈에 딱 보이기 때문에 곧잘 따라 할 수 있지요.

철저히 '아이들을 위한 수업'을 원칙으로 하며
교육자로서 수십 년 세월을 살아왔습니다. 아이들의
목소리는 우리보다 높습니다. 그래서 지금도 내 목소리는
굉장히 크고 톤이 높습니다. 말을 할 때도 손짓 발짓을
다 동원하여 제스처를 크게 합니다. 아이들을 대하다
보니 그렇게 되었어요. 그래야만 아이들의 시선을 끌고
집중을 모을 수 있거든요. 이제는 낮은 목소리로 작게
이야기하는 법을 완전히 잊어버린 것 같습니다. 내
친구들은 전화 통화라도 할라치면 아주 학을 뗍니다.

"야, 인마! 나 귀 안 먹었어. 좀 살살 말해!"

아예 휴대폰 화면에 내 이름이 뜨면 그때부터 마음의
준비를 하는 친구들도 있습니다. 휴대폰을 귀에서
멀찌감치 떨어뜨리거나 스피커폰을 켠대요.

아이들은 자기들만의 언어를 가지고 있습니다.
말도 **빠르게** 하고요. 그래서 어른들은 잘 못 알아듣는
경우가 많습니다. 나는 지금도 아이들이 무슨 장난감을
가지고 노는지, 어떤 가수를 좋아하는지, 유튜브에서
뭘 보는지 관심을 가지고 지켜봅니다. 친구가 되고 싶기

때문입니다. 소통하고 싶기 때문입니다.

아이들과 소통한다고 하면 흔히 눈높이를 맞춰주는 것이라고 생각해버립니다. 나는 여전히 어른인 채로 허리만 살짝 숙여 눈을 맞춰주는 것이지요. 하지만 그래서는 안 됩니다. 무릎을 꿇고 눈높이를 맞추는 것은 기본이고, 완전히 사람 대 사람으로서 마주하고 공감해야 하지요.

학교에 강연을 가게 되면 항상 한두 시간씩 일찍 갑니다. 아이들이 보이면 괜히 다가가서 한두 마디씩 말을 붙입니다.

"야, 너희 뭐 하고 노냐?"

강연을 준비하는 선생님들이 굉장히 당혹스러워하긴 하지만, 그래도 내게는 이 시간이 참 중요하답니다. 아이들과 마음이 통해야 수업을 원활히 진행할 수 있고, 무엇보다 내가 아이들과 함께하는 그 시간이 즐겁기 때문에 그렇습니다. 강연자가 즐거워야만 좋은 강연이 될 수 있다고 생각합니다. 물론 나는 프로이기 때문에 전혀 즐겁지 않아도 남 보기에 전혀 흠잡을 데 없이 완벽한 수업을 할 수 있습니다. 하지만 교육자 스스로는

알 것입니다. 가슴에 손을 얹고 그날 수업이 정말
완벽했는가 물으면 그렇다고 대답할 수 없다는 것을요.

　한 학교 전체가 많아야 오륙십 명인 분교에 재능기부
수업을 하러 갈 때는, 전교생을 강당에 한 번에 모아놓고
색종이 만들기를 합니다. 저학년 친구들은 뭣도 모르고
멀뚱멀뚱 있는데, 고학년 친구들은 들어오는 순간부터
거드름을 피웁니다. "종이접기는 어린애들이나 하는
거지. 시시해."라는 생각이 얼굴에 다 써 있습니다.
하지만 일단 수업이 시작되고 좀 지나면 편견은 완전히
깨집니다. 그때부터는 먼저 찾아와서 이것저것 물어보고
자기 얘기도 들려주기 시작합니다.
　"선생님, 저는 전투 팽이를 좋아하는데 그것도 접을 수
있어요? 제가 좋아하는 만화영화에 나오는 건데요…."
　"선생님 요괴워치 아세요?"
　그렇게 되면 아주 어린 아이들에게서도 많은 것을
배우게 됩니다. 나는 나이를 이렇게 많이 먹었지만,
여전히 아이들로부터 배웁니다. 계속 어른으로
남아 있겠다고 고집을 부려서는 그럴 수 없습니다.

아이들로부터 배운다는 것은 완전히 친구가 되었을
때에야 비로소 얻을 수 있는 선물입니다.

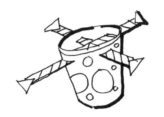

선생님은 뭐든 접을 수 있단다.

　나는 아이들로부터 요즘은 만화를 웹툰으로 본다는
것을 배웠습니다. 요즘은 뉴진스, 아이브, 에스파라는
아이돌이 인기 있다는 것도 배웠습니다. 어떤 게임을
좋아하는지도 배웠습니다. 어떤 어른들은 한숨을 쉴
것입니다. 먹고살기도 바쁜데 내가 그런 것까지 알아야
하느냐고요. 하지만 거부는 곧 단절을 의미합니다.
단절된 상태에서는 대화도, 소통도, 공감도 이루어질
수 없지요. 또한 어떤 식으로든지 배우면 내 세상은
넓어집니다. 웹툰에 대해 배운 나는 다음에 다른 아이를
만났을 때 물었습니다. "야, 너도 웹툰 보냐?" 그러자

아이는 기다렸다는 듯 신나게 자기가 보는 웹툰 이야기를 쏟아냈습니다. 짧은 말 한마디로 일 분 만에 친구가 된 것입니다.

그런 까닭에 나는 언제까지고, 예의범절을 앞세우는 꼬장꼬장한 할아버지 선생님이 아니라 매일 청바지를 입고 내 뒤에 매달리는 아이들과 눈 맞추며 웃는 친구가 되고 싶습니다.

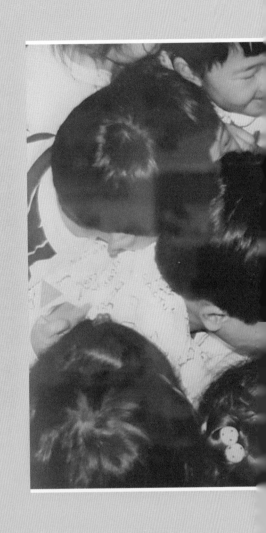

우리 다 함께 종이를 접자

　　　　　TV유치원 하나둘셋 방송 출연으로
여념이 없던 시절의 일입니다. 부산에 사는 친구가 어느
날 갑자기 소포를 보내 왔습니다. 안에는 비디오테이프
하나와 함께 짤막한 쪽지가 들어 있었습니다.

「부산에 이런 테이프가 유통되고 있는데, 너 이 사실을
알고 있냐?」

〈TV유치원〉 방송 중 내가 만들기 하는 코너만

녹화하여 복사 테이프를 만들어 부산 각지의 유치원과
미술학원에 판매하는 사람이 있다는 것이었습니다.
저작권에 대한 인식이 희박하던 시절이었습니다. 찬찬히
재생해 보는데 참 대단하다 싶었습니다. 나도 내가
출연한 분량을 이렇게까지 꼼꼼하게 녹화해둘 생각은
미처 못했거든요.

마침 그다음 주에 부산에 내려갈 일이 있었기에 친구와
함께 그 사람을 찾아갔습니다. 그는 나를 보고는 당황한
기색을 숨기지 못하며 허둥지둥 둘러댔습니다. 처음부터
팔려고 했던 것은 아니다, 혼자 볼 요량으로 만들었는데
찾는 사람이 많아 어쩌다 보니 그렇게 되었다….
그런데 뭐 어쩌겠습니까? 이제부터는 그러지 마시오,
하고 돌아왔지요. 그다음부터 정말 그렇게 안 했는지
어쨌는지는 바빠서 들여다보지도 못했습니다.

십수 년 전에는 가끔 연락하던 동생 하나가 갑자기
연락하여 다짜고짜 "형님, 미안합니다." 하였습니다.
그러고는 이실직고하기를, 내가 개발한 종이접기 방법을
책으로 엮어서 팔았다고 했습니다. 나중에 살펴보니 내가
날개를 하나 붙여 새를 만들었으면 자기는 두 개를 붙이는

식으로 아주 조금씩만 바꿔서 만들었더군요. 그것도 그냥 놔두기로 했습니다. 얼마나 먹고살기가 힘들었으면 그랬겠나 싶었죠.

이런 일들을 겪다 보니 주변으로부터 내가 만든 것들을 특허 내라는 권유를 받게 되었습니다. 스스로 생각하기에도 특허를 낼 만한 멋진 작품들이 꽤 많은 것 같습니다. 나는 종이접기 연구를 시작하고 1988년 10월 21일 처음 방송에 출연하던 때부터의 모든 작업을 다 기록해두었습니다. 그 많은 작품의 실물을 다 가지고 있을 수는 없으니 그림으로 그려두었지요. 내가 만든 작품들, 머릿속을 번뜩 스쳐 간 아이디어들을 꼼꼼히 적어둔 그 스물댓 권가량 되는 대학공책들은 아직도 내 보물 1호입니다. 이처럼 기록으로 잘 정리해두었으니 특허를 내기에도 꽤 수월했겠지요. 하지만 특허만은 내지 않았고, 앞으로도 그럴 생각입니다. 가장 단순하게는 번거롭기 때문이고, 또 아무리 따라 한다고 해도 내가 가진 가장 귀한 것은 절대 빼앗아가지 못할 것이라는 묘한 자부심이 있기 때문입니다. 내가 개발한 색종이 만들기가 수천, 수만 개나 되고 지금도 눈을 감으면 새로운 만들기

방법이 떠오릅니다. 다만 안타까울 뿐입니다. 남의
것을 따라 하면 아무리 해도 딱 그 정도밖에는 미치지
못하니까요. 영영 떳떳할 수도 없고요. 그러니 함께 이
창작의 기쁨을 맛보면 어떨까, 하는 아쉬움을 마음 한
켠에는 항상 지니고 있습니다. 그리고 특허를 내지 않는
가장 결정적인 이유는 내가 스스로를 '선생님' '교육자'라
정체화하고 있기 때문입니다. 교육자는 내가 아는 지식을
가르쳐주는 사람, 만든 것을 나누는 사람입니다. 자기가
연구한 내용을 꽁꽁 숨기고 '내 것'이라 주장하며 절대
가르쳐주지 않는 선생님이 어디 있나요?

　사실 '내 걸 베끼다니 괘씸하다'는 마음보다는
'그렇게라도 종이접기를 같이했으면 좋겠다'는 절박감이
큽니다. 나는 지난 이삼십 년 간 종이접기 교육에 대해
이야기할 기회가 생기면 항상 부르짖었습니다.

　종이접기는 변방의 교육이다!

　학교에서는 국어·영어·수학, 일명 '국영수'를 가르치는
데 가장 많은 시간을 들입니다. 그다음은 사회와

과학이지요. 음악·체육·미술과 같은 예체능 과목은 '그렇다고 아예 안 가르칠 수는 없으니 구색을 맞추기 위해 끼워 넣은 시간'처럼 보여요. 종이접기는 미술 교과 아래에 속할 것입니다. 그런데 일주일에 한두 시간 있는 미술 시간에도 회화, 즉 그림 그리기가 주가 됩니다. 종이접기는 해도 되고 안 해도 되는 것, 딱 그 정도 위치에 있지요.

하루는 초등학교에 다니는 손주에게 문자 메시지를 하나 받았습니다.

「할아버지! 나 학교에서 안경 안 쓴 할아버지 보고 바람총 만들었어.」

바람총! 내가 개발한 것 중 하나인데, 요리조리 접어서 휘두르면 '뻥!' 하고 큰 소리가 나는 총입니다. 곧이어서 직접 만든 바람총을 시연하는 동영상이 하나 도착했는데, 아주 잘 접었더군요. 반가워서 바로 전화를 걸었습니다.

"오! 아주 제대로 접었는데? 근데 너 이거 어디서 봤냐?"

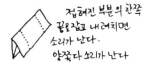

< 2층 바람총 접기 >

접혀진 부분의 한쪽
끝을잡고 내려치면
소리가 난다.
양쪽다 소리가 난다

"선생님이 유튜브로 틀어줬어. 안경 안 쓴 할아버지."

미술 시간에 선생님이 영상을 스크린에 띄워
보여줬다고 합니다. 안경 안 쓴 할아버지라 함은 내가
젊은 시절 KBS에서 방송할 당시를 말하는 것입니다.
그때는 눈이 좋아서 아직 안경을 안 썼거든요. 여하튼
요즘 학교에서는 선생님들이 직접 연구해서 지도
전달할 뿐 아니라, 기존에 마련되어 있는 시청각 자료를
교육에 많이 활용하는 모양이었습니다. 젊은 내가 사십
년 전에 연구하여 개발한 종이접기를 나의 아홉 살짜리
어린 손주가 그대로 보고 배우고 있다고 생각하니,
기특하면서도 마냥 즐겁지만은 않은 묘한 기분이
들었습니다.

"학교에서 종이접기는 일주일에 몇 번 정도 하니?"

"어떨 때는 하고 어떨 때는 안 해!"

종이접기는 과정의 예술입니다. 아이들은 차근차근 결과물을 만드는 시간을 통해 인내를 배우고, 종이를 접을 때 나는 소리와 손끝에서 느껴지는 감촉, 종이 냄새, 여러 색이 어우러져 만들어내는 조화를 통해 오감을 자극받습니다. 멋진 스케치나 수채화가 탄생하는 것이 아니어서 성에 차지 않을지도 모르겠습니다만, 교육이라는 것이 원래 그렇다고 생각합니다. 배우는 과정 자체가 가장 귀한 것이라고요. 처음부터 잘하는 사람이라면, 단 한 번의 시도에 멋진 결과물을 만들어낼 수 있다면, 배울 필요도 없겠지요.

선생님들이 다양한 교육 방식을 연구할 수 있도록 여건이 개선되었으면 좋겠습니다. 여의치 않다면, 사십 년 전 촬영된 내 모습을 담은 영상보다는 생동감 넘치는 젊은 연구자들의 영상이 많으니 그것이 더 널리 알려져 요긴히 쓰였으면 좋겠습니다. 더하여 어린이들에 대한 예체능 교육이 확대된다면 금상첨화겠지요. 국영수 위주의 틀에 박힌 공부에 갇혀 있기에 아이들은 너무 말랑말랑하고 에너지와 잠재력이 넘치니까요.

또 우리나라의 종이접기는 여전히 일본에서 들여온

접기법이 주류를 이루고 있어요. 흔한 학 접기도 일본의
방식이고, 딱지 접기도 일본의 식을 약간 변형한 거예요.
외국의 좋은 점을 본받아 배우는 것은 전혀 잘못된 일이
아니지만 우리도 고유한 종이접기법을 개발해 보급해야
하지 않겠는가, 라는 사명감을 가지고 연구하고 교육하는
분들이 전국에 많이 있습니다. 나는 그런 분들과 만나
이야기 나누고 함께 종이접기를 연구해서 결과물을 낼 때
가장 큰 행복감을 느낍니다. 나는 오랫동안 외로운 길을
걸어왔으니까요. 일에 대하여 공감대를 이룰 수 있는
사람을 만난다는 것이 얼마나 큰 축복이고 감사할 만한
일인지 알고 있습니다.

　연구자들이 만든 창작물과 작품집이 제대로 출판되어
유치원과 어린이집, 학교 등에도 알려졌으면 좋겠는데
경로가 없다는 것이 또한 아쉬운 점입니다. 여러 해 전
종이접기에 관심 있는 사람들을 모아 공부 모임을 열고
거의 무료로 종이접기를 가르쳐준 적이 있습니다. 하지만
오래 가지 못했습니다. 종이접기 교육 계통으로 취직하고
수입을 벌 수 있다는 보장이 없으니까요. 그런 식으로
우리 세대에서 다음 세대로 넘어가고 또다시 그다음

세대로 넘어가다 보면 종이접기 연구와 교육도 결국 맥이 끊어지고 마는 것이 아닌가 하는 두려움이 있습니다.

지금도 아이디어가 떠오를 때마다 새로운 종이접기와 조형을 시도합니다. 만들어낸 작품들을 작업실 진열대에 가득 채워두면, 찾아오는 손님마다 그걸 보고 집에 가져가고 싶다며 한두 개씩 골라갑니다. 사랑하는 아이들을 떠올리는지, 자신의 어린 시절을 떠올리는지 온 얼굴에 웃음꽃을 활짝 피우고서요. 그러고 나면 작업대는 휑뎅그렁하게 비지만, 도리어 풍성하게 차오르는 것이 있습니다. 내게 종이접기란 만드는 기쁨에 더하여 나누는 기쁨까지 주는 것입니다. 그 뿌듯함이 좋아서 내가 오늘까지 종이접기를 계속하고 있는지도 모릅니다.

이 기쁨을 더 많은 이와 함께할 수 있었으면 좋겠습니다. 나는 참된 교육이란 제자가 앞서 나아가게 하고 스승이 뒤를 봐주는 것이라고 항상 생각하고 있습니다. 이제 교육자로서 내 마지막 과업은 제자를 든든히 세우는 것인데, 아직 제대로 이루지 못하고 있어요. 언젠가 내 다음을 걱정하지 않고 가뿐한 마음으로 떠날 수 있는 때가 오기를 소망합니다.

훌륭한 어른이 되고 싶어

　　　　　최근 우리 사회의 화두 중 하나는
'나이 듦'입니다. 내 경우는 나이 듦에 대해서 깊이
생각할 여유가 없었습니다. 내게 노화란 어느 날
대본을 보려는데 갑자기 글자가 잘 보이지 않는 일로
시작했습니다. 많이 피로한 모양이라 생각하고 그날은
일찍 자고 푹 쉬었습니다. 그러나 다음 날 일어나서
다시 대본을 들여다봤을 때도 여전히 글자는 보이지
않았습니다. '아무래도 눈에 문제가 생긴 모양이다.' 하고
놀라 병원을 찾으니, 의사 선생님은 딱 한마디했습니다.

"노안이네요."

좀 더 다정하게 설명해주셔도 좋았을 텐데 말이에요. 심장이 철렁했습니다. 내 나이가 쉰이 될락 말락 했을 때니까요. 우리 손주는 그 시점을 분기로 하여 나를 '안경 안 쓴 할아버지' '안경 쓴 할아버지'라 구분해서 부릅니다.

나이 들면 제일 서러운 게 뭔지 아시나요? 얼굴에 주름살이 늘어가는 것? 몸이 여기저기 쑤시고 아픈 것? 나이 들어보니 알겠더군요. 나이 먹으면 제일 서러운 것은 나이 드는 것입니다. 시력도 떨어지고, 체력도 떨어지는데 단 하나 올라가는 것이 있습니다. 이마 높이. 이제는 만나는 사람마다 다들 건강은 어떠냐 안부를 묻습니다. 건강 걱정할 나이가 되었다는 것이겠지요. 참, 내게도 펄펄 날던 때가 있었는데 말이에요. 하지만 서러워도 결국 받아들여야 하겠지요. 가을이 가면 겨울이 오는 것은 지극히 자연스러운 일이니 너무 스트레스받지도 말고, 그저 겸허하게요.

나는 아이들을 가르칠 뿐 아니라, 노년층을 대상으로 종이접기 수업을 하기도 합니다. 손을 많이 사용하고 소근육을 자극하는 종이접기 활동은 치매를 예방하고 스트레스를 해소하는 데도 참 좋거든요. 수강생 중에는 분명 나보다 나이가 어릴 텐데도 더 나이 들어 보이는 모습으로 앉아 있는 사람들이 많습니다. 본인들도 당연히 내가 자기보다 어릴 것이라고 굳게 믿고 말을 편히 하는데, 나는 묵묵히 듣고 있다가 강의 끝나기 오 분 전쯤에 이야기합니다.

"자! 이제 다들 민증 까볼까요?"

그리고 우리 모두 꼭 비싼 것이 아니어도 좋으니 철마다 새 옷을 한 벌씩 장만해보자고 제안합니다. 무작정 외적인 것에 치중하자는 뜻이 아닙니다. 나이 드는 것이 싫어 거울도 보지 않는다는 사람들이 있습니다. 새 옷을 사면 기분도 좋아지고, 그걸 입고 거울 앞에도 한번 서보게 됩니다. 그러면서 지금의 자신을 들여다보게 되니까요.

시간이 지날수록 결국 건강하게 나이 든다는 것은 활력을 유지하는 일임을 확신하게 됩니다. 많은 사람이 운동을 해서 몸의 활력을 유지하라고 권하지만, 나는 그보다 더 중요한 것은 마음의 활력이라고 생각합니다. 끊임없이 새로운 생각을 하고, 하고 싶은 일과 해야 할 일을 고민하고, 꿈을 꾸는 것이지요. 나 같은 경우 그러다 보면 몸의 운동도 하게 되더군요. 가령 작업 생각을 하다 보면 '좀 더 작업하기 편하게 가구 배치를 한번 바꿔볼까?' 하고 책상과 의자, 가구의 위치를 바꾸게 되는 식입니다.

사회적으로 '어른'이라 불릴 만한 나이가 되면서부터 끊임없이 고민했습니다. 훌륭한 어른이란 무엇일까요? 그리고 결론 내렸습니다. 훌륭한 어른은 배려할 줄 알고 양보할 줄 아는 어른이라고요. 특히 나는 어떤 상황에서도 절대 예의를 잃지 않는 사람이고 싶습니다. '착한 아이는 어떤 아이인가요?'라는 질문에 대한 대답과도 비슷해 보이죠? 결국 아이나 어른이나 사람 사는 일은 다 통하는 까닭입니다.

청년들을 향하는 차갑고 잔뜩 날선 목소리들을 자주 듣습니다.

'게으르고 나태하다.'

'눈이 높아서 불평불만만 많다.'

'팔다리 멀쩡한 녀석들이 왜 도움받기를 원하나?'

'예의가 없다.'

어른들의 불만은 이렇습니다. 요즘 젊은이들은 인사도

잘 안 하고, 휴대폰만 보고, 하고 싶은 일만 하려 든다는 것이지요. 그렇게 판단하게 된 나름의 사유가 있겠으나, 그런 말을 들을 때마다 나는 제발 그렇게 말하지 말라고 사정이라도 하고 싶은 심정이 됩니다. 토크 콘서트 등을 통해 전국의 청년들을 만나면서 어른들의 생각이 잘못되었음을 확신하게 되었습니다. 내가 만난 청년들은 절대 예의 없고 못되지 않았습니다. 오히려 겸손하고, 정말 많은 것을 이해하고 감내하고 있었지요.

밉게 보면 모든 것이 미워 보이고, 예쁘게 보려 하면 모든 것이 예뻐 보이는 법입니다. '내가 이들을 정말 사랑했는가? 이해하고 공감하려 노력했는가?' 어른들이 가슴에 손을 얹고 생각해보아야 할 문제입니다. 정말 그랬다면 청년들이 먼저 인사하지 않는다 해도 뭐가 문제인가요? 내가 먼저 인사하면 되는데요. 나는 눈만 마주치면 먼저 인사하려고 노력합니다. 그것이 배려라고 생각합니다.

어른들은 요즘 아이들이 영악하다고 합니다. 하지만 세상이 달라졌으니 아이들도 우리들이 살던 때와는 다른 것이 당연합니다. 우리는 정보 하나 얻으려면 온갖 책과 신문을 다 뒤져야 했지만, 요즘 아이들은 스마트폰 하나로 순식간에 수많은 정보를 얻습니다. 판단이 더 빠를 수밖에 없습니다. 어른들은 자기가 젊을 적에 나라 경제를 살리기 위해 불철주야 일했는데 청년들이 그걸 몰라준다며 분통을 터뜨립니다. 하지만 요즘 청년들 또한 그렇습니다. 비싼 등록금과 생활비를 충당하려고 알바를 두 탕 세 탕 뛰면서 일하고 있습니다. 박봉을 받으면서도 미래를 꿈꾸며 자기계발에 힘씁니다. 모두가 삶 속에서 치열하게 싸워 나가고 있는 것입니다.

특히 IMF를 만나 꿈을 접어야 했던 아이들을 직접 목격한 세대인 나로서는 더욱 청장년들에게 미안한 마음이 큽니다. 당시 호주에 유학하고 있던 딸아이는 함께 공부하던 친구들이 매일같이 학업을 중단하고 귀국하는 바람에 배웅하러 하루에 한 번씩은 꼭 공항에 나가야 했다고 말했습니다. 잘 다니던 미술학원, 피아노학원, 태권도학원을 하루아침에 그만두고 어린 나이에 차가운 현실을 마주했을 아이들을 생각하면 마음이 저릿합니다.

'3포 세대'라는 말은 이미 옛말이 되었습니다.

대한민국의 저조한 출생률은 이미 골든타임을 넘어 망국이 기정사실화되었다고 하더군요. 만약 어른들이 자신의 것을 조금 더 내어준다면 청년들이 새로운 삶의 가능성을 꿈꿀 여지가 더 많아질 것입니다. 이를 위해 중요한 것은 다음 세대에게 존경할 만한 '어른'으로 남고자 하는 의지입니다. 우리 그 어떤 환경에 처해 있다 할지라도 마음의 품위를 빼앗기지 맙시다. 지하철 경로석에 다리 다친 젊은이가 앉아 있다고 하여 깁스한 발을 걷어차고 돌려차기를 하고 따귀를 때리는 행동은 어른이 할 짓이 아니지요. '내가 어른이니 무조건 내 말을 들어라.' 하는 방식도 틀렸습니다. 예전에는 사회가 변화하는 속도가 아주 느렸기 때문에 원로의 지혜가 다음 세대의 삶에까지 중요한 역할을 했습니다. 하지만 지금은 다릅니다. 우리가 가지고 있던 지식은 슬프게도 대부분 이 시대 청년들에게는 쓸모없는 것이 되었습니다.

그렇다면 이제 어른의 역할은 무엇일까요? 들어주는 것입니다. 품어주는 것입니다. 삶의 아픔이라는 것을 먼저 겪어낸 사람으로서 지금 그 고난의 시기를 통과하고 있는 이들에게 괜찮다, 곧 지나간다 위로해주고 나도 견뎌냈으니 너는 나보다 더 잘할 수 있을 것이다 격려해주는 것입니다. 잊히는 것은 물론 외로운 일입니다. 기성세대들이 말 그대로 손바닥이 다 닳도록 고생하여 자식들을 번듯이 키워냈다는 사실을 잘 알고 있습니다. 나 역시도 그렇게 했으니까요. 하지만 우리가 그렇게 한 것은 생색내고 대접받기 위함이 아니라 결국 사랑하기 때문이었음을 믿습니다.

나는 언제나 박수칠 때 떠나는 사람이 되어야 한다는 강박과도 비슷한 신념을 가지고 있습니다. 그것은 나의 자존심, 품위와도 연관되는 문제입니다. 아득바득 버티다 다른 사람에 의해 등 떠밀려 끌려 나가는 것만큼 슬프고 가여운 일이 없다 싶습니다. 떠나는 마음은 언제나 쓸쓸하지만, 그것조차 묵묵히 끌어안고 걸어가는 이의 뒷모습은 그 무엇보다도 아름답다 믿습니다. 내 모습이, 우리의 모습이 그러했으면 좋겠습니다.

완벽하지 않아도 괜찮아

　　　　　　지난 2023년 5월 천안 작업실에서
작은 전시회를 열었습니다. 전시의 제목은 '종이와
종이의 섞임-12.5'. 나는 그 전에 돋을무늬가 있는
아홉 가지 밝은 색깔 색지들의 섞임과 조화에서 오는
아름다움을 보여주고자 종이를 오리고 붙이고, 배치를
요리조리 옮겨보는 작업을 일 년가량 이어갔는데,
그 결과물을 선보이는 전시였지요. 8절 도화지에서
버려지는 것이 거의 없는 가로세로 각 12.5센티미터를
기준으로 작품을 만들었습니다. 회화나 조각 등 일반적인

장르가 아니다 보니 '종이 조형'이라고 이름 붙였지요.

그 시작은 전혀 의도치 않은 것이었습니다. 코로나19 팬데믹 사태 장기화로 미술관 문을 닫게 되었습니다. 시끌시끌한 아이들 웃음소리가 그쳐버린 썰렁한 넓은 방에 혼자 앉아 마음 가는 대로 손이 가는 대로 종이를 오리고 붙이기 시작했습니다. 정신을 차렸을 때는 일 년가량이 지나 있었고, 넓은 방에는 내가 만든 종이 공예품들이 가득했습니다. 그 일 년 동안 한겨울 아침에 일어나 난로를 틀어놓고 바깥이 깜깜해질 때까지 작업에 몰두하는 날도 참 많았습니다. 과정의 예술로서의 종이접기의 즐거움에 잠겨 이토록 즐거운 몰입에 빠져든 것은 참으로 오랜만이었습니다.

내가 만든 것들을 보면 꽃, 파도, 국기처럼 형태를 명확히 알아볼 수 있는 것도 있지만, 그렇지 않은 것들도 있습니다. 손 가는 대로 마음 가는 대로 아무렇게나 만들었기 때문입니다. 그런 것들이 약 백 개가량 되어 방 하나에 가득한데, 아무리 처치 곤란이어도 버릴 수는 없었습니다. 그 잘리고 접힌 모양새와 종이와 종이 간의 엮임과 꼬임을 보면 그걸 만들 때 나의 마음을 고스란히 들여다볼 수 있었기 때문입니다. 친구에게 말했습니다.

"야 이걸 다 어쩌냐? 버릴 수도 없고."

"그래? 그럼 전시를 해봐."

별생각 없이 하소연하듯 한 말인데 녀석은 꽤
진지한 조언을 들려주었습니다. 전시를 생각하고
만든 것은 아니었지만, 그 말을 들으니 새로운 의욕이
샘솟았습니다. "전시? 그럼 한번 해보지 뭐." 하고는 바로
캔버스와 액자를 주문했지요.

내가 전시를 준비하고 있다는 소식을 듣고 지인들은
서울에 있는 갤러리를 빌리자고 했습니다. 많은 사람이
와서 볼 수 있게 하자고요. 실제로 작업하는 과정을
인스타그램에 올리자 갤러리 몇 군데에서 연락을 받기도
했지만, 영 자신이 없었습니다. 구구절절 거절하는
답신을 써서 보냈지요.

「말씀은 감사합니다만, 그냥 내가 좋아서 만들었을 뿐
귀 갤러리에서 전시할 만한 작품은 아닙니다.」

어떤 녀석들은 남의 속도 모르고 "야, 그래도 네가

이름이 알려진 사람인데, 전시하면 많이들 보러 오지 않겠냐?" 하는데 정말 꿀밤을 때려주고 싶었습니다. 완벽을 기하고 만든 것들이 아닌 만큼 내가 만든 것들을 자세히 보면 자른 선이 삐뚤삐뚤합니다. 풀이 튀어나와 있는 것도 있습니다. 그러면 애초에 전시 자체를 왜 하느냐 물을 수도 있겠습니다. 그럼 나는 이 삐뚤삐뚤하게 만드는 과정이 무척 즐거웠기 때문이라고 대답하겠습니다. 그 행복한 시간의 결과물을 사랑하는 사람들과 함께 나누고 싶었기 때문이라고요.

전시에 온 사람들은 내 작품을 보고 즐거운 에너지가 느껴진다고 말했습니다. 내가 즐겁게 작업했다는 걸 어떻게 알았을까, 싶었습니다. 또 어떤 친구는 찾아와서 내 작품들을 한 번 쫙 훑어보고는 한마디 툭 던졌습니다.

"야 영만아, 참 희한하다. 나는 색깔이 화려하고 알록달록한 걸 보면 머리가 아픈데, 네가 만든 것들은 신기하게 아무리 봐도 눈이 안 아프다."

그 무심한 말이 어찌나 기분 좋던지요. 그날 그 녀석에게 맛있는 점심을 사주었습니다. 지난 전시를 통해 나는 만들고 선보이는 보람이 무엇인가를 깨달았습니다.

자고로 사람은 피드백을 받아야 성장할 수 있고,
무엇보다 기쁘고 행복하니까요. 어쩌면 나는 그 한마디
듣기 위하여 삐뚤빼뚤하고 엉망진창인 작품들을 정성껏
모아 액자에 넣고 전시회를 열었던 것 같기도 합니다.

젊은 날 나는 완벽을 추구하는 삶을 살았습니다. 앞서
〈TV유치원〉을 시작하면서 '절대 재탕하지 않겠다'고
자신과 약속하고 기를 쓰고 그 약속을 지켰다고
이야기했습니다. 우울증에 걸릴 정도로요. 물론 코딱지
친구들을 위해서 최선을 다했다는 것은 절대 후회하지
않고 오히려 지금까지도 자랑스러운 기억입니다. 하지만
젊은 혈기로 '스스로 한 다짐을 지키겠다'고 미련하게
굴며 자신을 괴롭게 한 것은 아쉽습니다.
그런데 부모님들은 조바심이 나는 듯합니다. 무조건
똑바로 해야 한다고 강조합니다. 종이에 밑그림을
그려 반듯하게 자르고, 선에 맞춰 '칼각'으로 접기를
바랍니다. 나는 그런 모습을 보면 속이 바짝바짝 탑니다.
종이접기는 과정의 예술이고, 오리고 접고 만드는 순간
자체가 즐거운 것인데 무조건 똑바로 해야 한다는 강박을 느끼면 그 즐거움이 들어올 여지가 없어요. 선을 조금 벗어나면 잘못했나 싶어 주눅이 들고요.

그래서 나는 방송에서 색종이 만들기를 할 때도 자를 대고 자른 적이 한 번도 없습니다. 전부 눈짐작으로 그렸지요. 우리 때야 종이가 귀하고 물감이 귀하고 크레파스가 귀했으니 낭비하지 않도록 우선 연필로 밑그림을 그린 다음에 정확하게 색칠하게 하였지요. 그런 이유가 아닌 이상 어린이들이 틀릴까 봐 벌벌 떨 필요는 없습니다. 비뚤어져도 괜찮습니다. 찢어져도 괜찮습니다. 다들 처음엔 그렇게 시작하니까요.

틀리지 않는 것, 빨리 배우는 것, 남들이 할 때에 똑같이 해내는 것, 이해되지 않아도 해내는 것. 모두 구시대 주입식 교육의 잔재입니다. 우리에게 학습이 일단 머릿속에 주워 담는 것, 남들보다 빨리, 더 많이 채우는 것이라면, 교육 선진국이라 불리는 국가들의 교육 현장에서는 각자가 머릿속에 담긴 생각들을 꺼내어 나누고 총합하여 더 큰 결과물을 만들어냅니다. 그리고 그것을 다 함께 소유합니다. 구시대 사람인 나는 못내 그런 것이 부러웠습니다.

심지어 엄지손가락만으로 모든 것을 할 수 있는
요즘 세대는 머릿속에 지식을 들입다 주워담을 필요도
없지요. 핸드폰만 있으면 단번에 모든 것을 알게 되는
세상이니까요. 그런데 여전히 학교에서는 수업 시작하기
전 휴대전화를 전부 수거합니다. 수업 진행 및 학습에
방해가 된다면서요.

강연 요청 이외에도 작업 의뢰를 받곤 합니다.
한번은 가정의 달을 맞아 경찰청에서 영상 촬영 의뢰를
받았습니다. 담당자가 나에게 물었습니다.
"선생님, 혹시 포돌이 포순이도 만드실 수 있나요?"
나는 단박에 대답했습니다.
"그럼요! 다 됩니다. 포돌이 포순이는 가면으로
만들면 어떨까요? 아이들이 가면 놀이를 좋아하거든요.
경찰 정복에 붙이는 흉장도 할까요? 아! 그리고 아이들
좋아하는 자동차! 경찰 순찰차도 만듭시다."
뭘 만들 수 있느냐는 질문을 자주 받는데, 그럴 때마다
속으로 조용히 웃습니다. 왜냐면 나는 이제 만들지
못하는 게 없기 때문입니다. 스스로 경지에 올랐다고

생각하고 있습니다. 절대 처음부터 그럴 수 있었던 것은 아닙니다. 새로운 구상이 떠오르지 않아 머리를 쥐어뜯을 때도 많았습니다. 그럼에도 최선을 다해, 무엇보다 즐겁게 하려고 노력해왔기 때문에 오늘에 이른 것이 아닐까, 생각해봅니다. 그 여정에 여러분이 함께 있었습니다. 힘들고 지칠 때도 함께 만들기하며 즐거워할 여러분을 생각하면 어떻게든 다시 힘을 낼 수 있었어요. 정말 고마웠습니다.

살다 보면 모든 일을 철두철미하고 정확하게, 똑바르게 하지 못할 수도 있지요. 사실 그렇게 하지 못할 때가 더 많습니다. 나 자신과의 약속, 까짓거 못 지킬 수도 있지요. 안 그런가요? 언제나 가장 중요한 건 앞으로 나아가는 일입니다. 부족하더라도, 엉망이더라도 자꾸자꾸 내어놓으며 앞으로 나아가세요. 이왕이면 옆에 있는 사람 손 꼭 잡고 함께 나아가면 더 좋겠지요. 우리 코딱지 친구들은 꼭 그렇게 살아가세요. 그러다 보면 언젠가는 도착하게 되어 있어요. 내가 목표하고 꿈꾸던 그곳에요.

그런 마음으로, 이제 일흔이 넘은 나는 어딘가 다소 부족한 듯한 전시를 열었고, 이번에도 새로운 전시를

준비하고 있습니다. 지금은 에코밴드라는 띠 형태의
종이를 사용해 작품을 만들어보는 중입니다. 보통은 이
에코밴드를 잘 엮어서 여름에 가볍게 들기 좋은 가방을
만든다는데, 나는 좀 다른 것을 만들어보고 싶었습니다.
색상이 160가지가 넘는다는데 우리나라에 수입되는
종류는 몇 되지 않아서 아쉽습니다. 또 무슨 종이가
그렇게 비싼지, 쓰고 남은 자투리까지 잘 챙겨두었다가
알뜰살뜰하게 쓰고 있습니다. 종이가 무척 딱딱해서
자르는 데 힘이 많이 들어가기는 하지만, 띠 형태의
종이를 이용해 무언가를 만든다는 것이 새롭습니다.
나는 정사각형 모양 색종이를 주로 다뤄왔으니까요.
2022년도에 이런 종이가 있다는 소식을 들었을 때부터
해보고 싶었던 것인데 지난 5월 전시가 끝나고 바로
착수했지요.

　이것저것 해보다가 작업의 맥이 잡힌다 싶으면 그날은
밤을 샙니다. 어떤 날은 작품 하나를 조금도 진전시키지
못하는데, 어떤 날은 대여섯 개씩 만듭니다. 원래 그런 것
아니겠습니까? 맥을 잡기까지가 어려운 것이고 이후로는
빠르게 진행되니 너무 조바심 내지 않았으면 좋겠습니다.

이 모든 것이 내게는 새로운 도전입니다. 이 나이에 무슨 도전이냐 할 수 있겠지만, 내게는 삶이 끝날 때까지 끝나지 않는 것이 도전 같습니다. 코로나19 장기화로 체험미술관도 문을 닫고 강연도 줄어든 지금은 좀 더 예술적인 뭔가를 창조해보고 싶다는 마음이 커졌습니다. 이제까지 교육자로서의 삶에 주력했다면, 앞으로는 좀 더 예술적이고 창조적인 활동에 도전해보고 싶습니다.

물론 나는 이제 나이를 먹어 작업실도 마련하였고, 시간도 많습니다. 그래서 내 사례를 모두에게 그대로 적용하며 "너희도 나처럼 해."라고 말한다면 여러분이 그토록 싫어하는 '꼰대 짓'이 되겠지요. 그래도 여러분도 꼭 시간을 찾아내어 새로운 시도를 해보았으면 좋겠습니다. 그 나이에만 할 수 있는 도전이 있습니다. 나의 도전 과제가 '남은 시간과 주어진 여건을 어떻게 생산적으로 활용할 것인가'라면, 여러분에게는 '바쁜 상황과 빠듯한 시간 속에서 어떻게 새로운 시도를 할 것인가'가 도전 과제가 될 수 있겠네요. 우리 함께 응원하고 격려하며 이 도전을 이어갑시다.

모든 일에
최선을 다할 수 있다면

나는 운전하는 일을 좋아합니다.

예전에 우울증을 앓을 때는 직접 운전하여 어딘가로 훌쩍 여행을 떠나기도 했습니다. 운전하고 있으면 과거에 힘들었던 일, 괴로웠던 일, 슬펐던 일, 후회스러운 일들이 떠오릅니다. 그럼 그 모든 것을 다 뒤로 제쳐버리고 나는 신나게 앞으로 달려 나가는 것입니다. 그러고 나면 한결 홀가분해진 마음으로 돌아올 수 있었습니다.

인생 전체에 걸쳐 나에게 가장 큰 후회는 학창 시절에

집안 형편이 어렵다는 핑계로 공부에 제대로 집중하지 못했다는 것입니다. 실제로 단칸방에 많은 식구가 복닥복닥 모여 살았기에 제대로 공부할 수 있는 물리적 환경이 되지 않기는 했지만, 형설지공(螢雪之功), 주경야독이라는 말도 있지 않습니까? 어떻게든 내가 하려 했다면 할 수 있었으리라는 생각이 자꾸만 들곤 합니다.

그 시절에는 공부보다는 어떻게든 돈을 벌어 집안 형편에 보탬이 되고 힘겹게 일하시는 부모님의 짐을 덜어드리고 싶다는 마음이 컸습니다. 그래서 둘째 동생과 함께 신문을 돌렸습니다. 물론 어머니는 말리셨습니다. 당시 나는 고등학교 3학년이었기 때문입니다. 하지만 만류를 뿌리치고 어떻게든 밖으로 나갔습니다. 사람 하나 다니지 않는 이른 새벽에 보급소까지 걸어가 종로 1, 2, 3가에 조간신문 돌리기를 일 년가량 했습니다. 봉급을 받을 때마다 느꼈던 뿌듯함은 말로 다 못합니다. 무엇보다 맡은 할당량을 다 돌리고 보급소에 돌아갔을 때 끓여주던 라면의 맛을 잊을 수가 없습니다. 어쩌면 그 라면을 먹으려고 신문을 배달했는지도 모르겠습니다.

사람은 앞일을 멀리 내다볼 수 없다는 것이
아쉽습니다. 만약 내가 미래의 자신이 어찌 살지 알고
있었다면, 젊은 날을 조급해하지 않으면서 좀 더
차분하게 살아갈 수 있었을 것 같아요. 하지만 다른
쪽으로 생각해보면 사람은 앞일을 알 수 없기에 요행을
바라지 않고 오늘을 미치도록 치열하게 살아갈 수 있는
것 같기도 합니다. 그렇기에 후회조차도 우리에게는
반성하고 자신을 되돌아보는 힘이자 원동력이 될 수
있습니다. 나는 어린 날 공부를 제대로 하지 않았다는
후회를 되새기며 지금까지도 내 앞에 주어진 일을 최선을
다해 해내려 노력하고 있습니다.

지난 2021년 7월, 예능 프로그램 〈복면가왕〉에
'엑스라지'라는 별명을 달고 출연했습니다. 복면가왕은
얼굴은 물론 이름과 나이, 신분, 직종까지 모든 것을
숨기고 나온 출연진들이 오직 노래 실력만으로 승부를
보는 음악 예능 프로그램입니다. 아주 실력이 대단한
가수들도 출연하지만, 희극인부터 아나운서, 운동선수에
이르기까지 노래와는 전혀 상관없는 일을 하던 사람들도
출연합니다. 내가 출연했을 때도 '상상도 못했다.' '정말

의외였다.'라는 말을 많이 들었습니다.

처음 마리텔에 출연할 때는 굉장히 고민하고 대답을 차일피일 미루면서 PD와 작가들 애를 닳게 했지만, 이번에는 비교적 흔쾌히 출연을 결정했습니다. 당시는 코로나19로 인한 방송가의 침체가 길어지고 있을 때라 도와야겠다는 마음도 있었고, 나는 더 이상 예능 프로그램에 처음 출연하는 사람이 아니니까요. 무려 두 번째 아니겠습니까? 결국 처음이 힘든 것입니다. 첫발을 떼고 나면 두 번째, 세 번째 걸음은 가뿐히 뗄 수 있습니다. 그래서 그 첫발을 잘 떼는 것이 중요한 법이기도 하고요.

출연을 결정하고 나니 부를 곡을 정해야 한다고 했습니다. 혼자서 부를 노래와 실력을 겨룰 상대와 함께 부를 듀엣곡까지 총 두 곡을 결정해야 했는데, 내가 나이가 많아서인지 내게 선곡권을 주겠다고 했습니다. 그래서 듀엣곡으로 가수 김정수 씨의 〈내 마음 당신 곁으로〉, 솔로곡으로 가수 이장희 씨의 〈그건 너〉를 선곡했습니다. 제작진이 촬영 전에 꼭 전문가와 함께 연습해야 한다고 연습실로 나오라고 했지만, 나는 아주 자신만만했습니다. 일명 18번이라고 하지요. 두 곡

모두 내가 평소 아주 즐겨 부르던 곡이었기 때문입니다.
그런데 연습실에 나갔다가 그만 아주 제대로 큰코다치고
말았습니다. 세상에 내가 즐겨 부르던 〈그건 너〉가
그렇게 어려운 곡이었는지 처음 알았습니다. 올려야 할
때와 내려야 할 때, 음정을 정확하게 맞춰야 하는 것은
기본이고 기교와 감정 표현도 필요했습니다. 처음 "그건
너" 부를 때는 가까이 있는 너를 부르듯이, 두 번째는 멀리
있는 너를 부르듯이… 이미 오래전에 가사를 다 외운
노래였지만, 보컬 트레이너의 디렉션을 받다 보니 하나도
생각이 나지 않았습니다. 그래서 슬쩍 물었지요. 촬영할
때 모니터에 가사를 띄워주냐고요. 당연히 띄워준다며
걱정하지 말라고 하길래 안심했습니다.

　〈복면가왕〉 방송 출연 이후 지인들이 물었습니다.
당신이 그렇게 노래를 잘하는지 몰랐다는 칭찬에
더하여 '본업이 가수도 아닌데 어떻게 그런 프로그램에
나가겠다고 마음먹었냐. 용기가 대단하다.'라는
말도 많이 들었습니다. 정말로 어떻게 그럴 수
있었는지는 모르겠으나, 나는 일단 결정한 뒤에는
정말 죽도록 연습했습니다. 반주 MR을 다운받아서 차

안에서도 부르고, 집에서 침대에 누워 자기 전까지도
흥얼거렸습니다. 잠들어서도 노래 부르는 꿈을
꿨습니다. 그렇게 하지 않고는 감히 무대에 올라갈 수가
없지요. 물론 죽도록 연습하더라도 죽어라 못할 수도
있습니다. 하지만 그때를 위해 할 말이 있어야 할 것이
아닙니까? "저는 가수가 아닙니다. 그래도 정말 죽도록
연습했습니다. 그래서 이 정도로 할 수 있었습니다. 저는
원이 없습니다."라고 말할 수 있다면 얼마나 떳떳하고
당당한가요? 이미 부족할 것이 기정사실인데도 연습조차
하지 않는 것은 스스로 용납할 수 없는 일입니다.
흔히 피할 수 없으면 즐기라고 합니다. 나는 즐기는
것은 최선을 다한 사람만이 누릴 수 있는 축복이라고
생각합니다. 그래서 나는 〈복면가왕〉 출연을 위해 최대한
연습하고 무대에 올라가서는 최대한 즐겼습니다.

　지금은 눈을 감고 만져보기만 해도 어떤 종이인지
구분할 수 있을 정도가 되었고 뭐든 만들 수 있다고
생각하지만, 한 삼 년 차까지는 억지로 개발했습니다.
하기 싫고 다 포기하고 싶어도 일단 때가 되면 자리에

앉아 풀과 가위를 손에 들었습니다. 그렇게 삼 년을
채우니 도가 트더군요. 지금은 색종이로 뭐든 할 수
있을 것 같아요. 하지만 그렇다 하여 여전히 자만하지는
않습니다. 힘겹게 얻은 만큼 쉽게 사라질 수도 있다는
경각심을 가지려 합니다. 지금도 우리 집에는 방마다
색종이와 풀, 가위가 구비되어 있습니다. 자가용에도
있는 것은 물론입니다. 특히 운전할 때 아이디어가 많이
떠오르거든요. 그러면 달리다가도 차를 갓길에 세우고
대충 접어본 후 나중에 귀가하여 그걸 보고 다시 정리하여
기록합니다.

　누군가는 그렇게 살면 힘들지 않냐, 할지도 모르겠으나
나는 이 모든 것이 전혀 괴롭게 여겨지지 않습니다.
사람들은 종이 접을 때의 내 모습이 아이같이 맑고
행복해 보인다고 합니다. 그런 말을 들을 때마다 '내가 이
일을 정말 사랑하는구나. 이렇게 사랑하는 일을 계속할
수 있다는 것은 정말 큰 축복이다.' 생각하게 됩니다.
좋아하는 일을 계속할 수 있고, 그 일에 온 마음을 쏟을 수
있는 한 나는 계속 행복한 사람으로 남을 것 같습니다.

모두모두 행복하세요!

언제나 함께하는,
물고기 모빌

준비물

- 색종이
- 풀
- 가위
- 색연필/사인펜

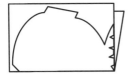

① 색종이를 반으로
   접어 물고기의
   옆모습을 그려요.

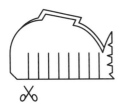

② 그린 선대로 가위로
   오리고 아랫부분에
   가위집을 내주세요.

③ 펼치면 이런 모양이 돼요.
   색종이를 한 장 더 꺼내서
   동그랗게 말아 가위집
   안쪽으로 끼워넣어주세요.
   이렇게 두 개를 만들어서
   실로 연결해주세요.

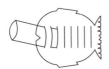

책상 위나 침대 머리맡,
내가 하루 중 많은
시간을 보내는 곳에
붙여주세요. 물고기들이
우리 코딱지 친구들과
항상 함께할 거예요!

저자의 말

　　　　　3D영화를 처음 봤을 때 느꼈던
환희를 잊을 수가 없습니다. 평생 평면의 종이에서
입체의 물체를 창조해내는 일을 했기에 더더욱
감격스러웠습니다. 평면을 벗어나 흔들리고 움직이고
춤추는 물체들을 만들어내는 일. 그것이 곧 나를
사로잡은 종이접기의 매력이기도 했지요.
　종이를 여러 모양으로 접어 부피감을 더하는
일만으로는 성에 차지 않아 종이컵과 우유갑, 휴지심,
나무젓가락, 빨대같이 쓰고 버리는 폐품들까지

활용했습니다. 누군가는 그 모습을 보고 "저 집 아저씨는 왜 쓰레기를 주워 모으나." 했을지도 모르지만, 그것은 나에게 일종의 연구였습니다. 또 종이를 다루는 사람은 종이를 잘 알아야 합니다. 나는 이제 눈을 감고 만져만 봐도 무슨 종이인지, 평량은 어느 정도인지까지 알아맞힐 수 있습니다. 마찬가지로 누군가에게는 그게 뭐 대수냐 싶은 재주일지도 모릅니다. 하지만 나는 그것으로 창작의 승리라는 것을 경험했습니다.

기회가 있어 토크 콘서트 등으로 청년들 앞에 서게 될 때마다 가로세로 각 15센티미터의 색종이를 꼭 손에 듭니다. 내가 만나는 청년들의 고민은 주로 진로와 미래에 대한 것입니다. 아무 걱정 없이 해맑게 뛰어놀던 녀석들이 어느덧 얼굴에 수심이 잔뜩 낀 어른이 된 것을 보면 가슴이 아픕니다. 미래와 앞일을 내다보는 대단한 식견을 갖지 못한 나로서는 그저 내가 살아온 과정을 들려줄 수밖에 없습니다.

살면서 하늘이 야속하다 여겨질 때도 많았습니다. 어릴 적 아버님 사업이 실패하여 가족의 처지가 한 번에 곤두박질쳤을 때, 큰 포부를 품고 뛰어든 사업이 시작하기도 전에 좌초해버렸을 때. 도움의 손길이 절실하던 그때에 하늘에서 동아줄이 내려왔습니다. 바로 색종이였습니다.

그리 대단할 것 없는 삶을 담은 이야기로 무슨 말을 할 수 있을까 고민했습니다. 그리고 한마디로 요약해보았습니다. 그것은 바로 '포기하지 않고 온 마음을 기울이면 반드시 기회는 온다'는 것입니다. 하늘이 다 빼앗아 가는 것 같아도 손에 색종이 한 장쯤은 남겨두는 법입니다. 우리가 아무리 가진 것이 적어도, 색종이만큼은 얼마든지 가질 수 있습니다. 그러니 여러분도 손에 색종이 한 장이라도 쥘 수 있는 한에는, 절대 포기하지 않았으면 좋겠습니다.

여러 의미에서 나는 참 운이 좋은 사람입니다. 좋아하는 일을 직업으로 삼을 수 있다는 것은 축복이지요. 누군가는 좋아하는 일을 잘하지 못해서 속상하다고 말하고, 또 다른 누군가는 잘하는 일을 조금도 좋아하지 않아서 질린다고 하는데, 나는 좋아하는 일이 곧 잘하는 일이니 더 이상 바랄 게 없습니다. 여러분도 다양한 시도를 하고 이런저런 경험을 많이

해보았으면 좋겠습니다. 가장 힘든 것 같은 그 순간이
어쩌면 절호의 기회일 수도 있다는 사실을 기억하고요.
꼭 즐겁게 할 수 있는 '내 일'을 찾게 되기를 응원합니다.

그동안 에세이를 내자는 제안을 여러 차례 받았으나
응하지 못했습니다. 출판사에 도움이 될 수 있을지
확신할 수 없었기 때문입니다. 그러나 나의 삶에서
기록될 만한 가치를 발견해주시고 특히 교육자로서
아이들과 함께해온 시간들에 대해 조명해주셔서
용기를 내게끔 이끌어주신 도서출판 들녘에 진심으로
감사드립니다.

그다지 특별할 것 없는 인생의 이야기지만, 그래도
이제는 어른이 되어 부모가 되었거나 각자의 자리에서
열심히 살아가고 있는 코딱지 친구들에게 작게나마
도움이 되기를 바라는 마음으로 책을 내게 되었습니다.
나는 젊은 날 사업에 크게 실패하여 통장조차 만들
수 없을 만큼 곤궁한 시절을 보냈지만 절대 망하지
않았습니다. 처음 종이접기를 해보고 싶다고 했을
때는 '남자가 무슨 그런 일을 하냐'는 편견 어린 시선을 가득 받았고, 동문들에게 '학교의 수치다.' '제명해야 하는 거 아니냐.'라는 말까지 들었습니다. 주변의 가장 사랑하는 사람들조차 반신반의했지만 나는 이상한 예감 같은 확신을 느꼈습니다. 그리고 실제로 이 얇고 손바닥만 한 색종이들은 내 인생에서 가장 소중한 것을 선물해주었습니다. 다시 돌아간다면, 그 모든 어려움을 다 겪어야 한다고 해도 여전히 종이 접는 길을 택하겠습니다.

산다는 것은 끊임없는 난관의 연속입니다. 하나 지나갔다 싶으면 또 다른 문제가 나타나지요. 그리고 아연해 있는 우리를 세상은 자꾸만 재촉합니다. *빨리해.* *너는 왜 그것밖에 못하니? 잘해야 해. 그러지 않으면 밀려나. 밀려나면 어떻게 되는 줄 알아? 망하는 거야. 다 끝이야.*

그래서 나는 이 책을 통해 말해주고 싶어요. 천천히 해도 된다고, 꼭 완벽하게 하지 않아도 된다고, 한 번 실패했다고 영영 망하는 건 절대 아니라고요. 이런 말들은 몇 번을 들어도 기분이 좋습니다. 마음도 편해지고요. 여러분이 일말의 위로라도 얻을 수 있다면

그것으로 이 책은 세상에 태어난 목적을 다한 것이라
생각하고, 나는 무척 기쁘겠습니다.

　열심히 만들었지만 여전히 아쉬움 많은 책을
내어놓습니다. 하지만 오랜만에 책으로 코딱지 친구들을
만날 생각에 설레고 들뜨는 마음을 생각하니 이
아쉬움쯤은 아무것도 아니다 싶습니다. 만약 더 완벽한
책을 쓰기 위해 언제까지고 마냥 고민하며 끌어안고
있었다면, 그래서 코딱지 친구들을 만날 날이 한참 뒤로
미뤄졌다면, 얼마나 아쉬운 일인가요? 삶은 짧고 시간은
빠른데요.
　그래서 나는 이 책을 내놓는 마음이 참 기쁩니다.
만드는 동안에도 참 행복했습니다. 우리 친구들도 읽는
동안 행복했기를 바랍니다.

언제까지나
여러분의 종이접기 아저씨
김영만 씀